Hikmet Anıl Öztekin

fesleğen

Okumaya Başlama Tarihi ....../....../.........

İmza Tarihi ....../....../.........

DESTEK MEDYA GRUBU

DESTEK YAYINLARI: 1225
EDEBİYAT: 383

HİKMET ANIL ÖZTEKİN / FESLEĞEN

İmtiyaz Sahibi: Yelda Cumalıoğlu
Genel Yayın Yönetmeni: Ertürk Akşun
Yayın Koordinatörü: Özlem Esmergül
Editör: Özlem Esmergül
Son Okuma: Devrim Yalkut
Kapak Tasarım: İlknur Muştu
Sayfa Düzeni: Cansu Poroy
Sosyal Medya-Grafik: Tuğçe Budak - Mesud Topal

Destek Yayınları'ndaki 1. Baskı: Şubat 2020 (30.000 Adet)
Yayıncı Sertifika No. 13226

ISBN 978-605-311-754-4

Abdi İpekçi Caddesi No. 31/5 Nişantaşı/İstanbul
Tel. (0) 212 252 22 42
Faks: (0) 212 252 22 43
www.destekdukkan.com
info@destekyayinlari.com
facebook.com/DestekYayinevi
twitter.com/destekyayinlari
instagram.com/destekyayinlari
www.destekmedyagrubu.com

Özkaracan Matbaacılık ve
Ciltçilik San. Tic. Ltd. Şti.
15 Temmuz Mah. Gülbahar Cad.
No. 62/B Bağcılar / İstanbul
Tel. (0) 212 515 49 47
Sertifika No. 45469

DESTEK yayınları KARAKARGA BEYAZ BAYKUŞ genç DESTEK

HİKMET ANIL ÖZTEKİN

fesleğen

"Bir" olana meftun o kızın hikâyesi...

DESTEK yayınları

Yazar Hakkında

Trabzon'da doğdu. Matematik ve fizik aşkıyla dolu çocukluk yıllarının ardından İstanbul Teknik Üniversitesi Gemi İnşaat Mühendisliği'ni kazandı. Üniversite yılları kelimelerdeki, insanlardaki ve yaşamdaki matematiği keşfetmekle geçti.

Henüz 26 yaşındayken çıkarttığı "Elif Gibi Sevmek" kitapları 1 milyon baskıyı geçti. Ardından *Eyvallah*, *Eyvallah-2* ve *Fesleğen* kitaplarını çıkarttı. Tüm kitapları toplam 2 milyon adedi geçti. Sosyal medyada toplam 7 milyondan fazla takipçiyle üretmeye, paylaşmaya devam ediyor.

Uzaktan yazar olarak kabul edilse de dikkatlice incelendiğinde kendisinin yazarlıktan ziyade derdi insanları uyandırmak ve değiştirmek olan bir hayalperest olduğunu görebiliriz.

En büyük yeteneğinin "hayal kurabilmek" olduğunu söyler. Kitlesel değişimlerin mümkün olduğuna inanır ve Youtube kanalında videolar, sosyal medya hesaplarında yazılar, kitaplarında da kurgular ile edebiyat yapmaya değil, kitlesel uyanışı sağlamaya çalışmaktadır. Tüm bu yaptığı şeyleri hayatını adadığı yaşam felsefesini insanlara aktarma aracı olarak kullanmakta ve inandığı felsefeyi tüm dünyaya yaymayı amaçlamaktadır.

Hikmet Anıl Öztekin'e "Yaşamınızdan sonra dünyaya bir cümle bırakmak isteseniz o ne olurdu?" diye sorarsanız tek bir cevap alırsınız:

"Ne için varsan, O'nun için yaşa..."

Yazar hakkında detaylı bilgi için: www.hikmetaniloztekin.com

Dünyaya hâlâ daha alışamamış,
tanıdığım ve tanımadığım herkese...

Bu kitap yazarın yaşadığı olaylardan esinlenerek yazılmıştır.

1. Bölüm

Efsunkâr, Tırtıl, Nazende, On Dokuz, Kırmızı, Tren

Biriktirir biriktirir dururdum içimde.
Sanki bir gün biri gelip tamamlayacakmış gibi.

Az evvel.

Sadece aklım değil, hiçbir hücrem inanamıyordu gördüklerine. İşte şimdi gök mavi. İşte şimdi ölsem de, her şey tam gibi. İşte şimdi ondan ayrıldığım gün durdurduğum yaşım saymaya başlayabilirdi.

1 yıl öncesi. Konya.

Gönlünde açık yarası olanlar beni anlayacaklardır. Yaranın üzerine toz değse sızlar. Rüzgâr esse acır...

Ben de böyleyim işte ne zamandır. İpekböceğinin o küçük, daracık kozasının içinden, canım acıyarak bakıyorum gökyüzüne. Bulutlar ne kadar da pembe görünüyorlar buradan. Zaten sevince her şeyin rengi değişebiliyor.

Başka bir düzenin içinde dönüyor dünya. Âlem, başka bir âleme akıyor coşkuyla. Papatyalar daha kesif kokuyor mesela, bulutlar pamuk şekere benziyor, meyveler daha tatlı, su daha şifalı, denizler daha mavi, kuşlar daha nağmeli, toprak daha bereketli, mevsimlerse hep bahar...

Yıldızlar bulutlardan daha da yakınmış gibi görünüyorlar mesela bana... Kollarımı kaldırsam dokunabileceğim sanki.

Gözümün gördüğü her yıldıza bir isim veriyorum. Tebessüm ediyorlar. Belki sadece bana değil, seven herkese, ama ben üzerime alınıyorum.

Onlar da Fesleğen diye çağırmaya başladılar beni... Tıpkı onun da çağırdığı gibi...

Çıplak ayaklarımla çimenlerin üzerinde koşturarak geçti benim çocukluğum. Köydeki evimizin geniş bir bahçesi vardı. Ya da geniş bir bahçenin içine kurulu, tatlı bir köyümüz vardı da diyebilirim. Köy işte, her yer bahçeydi.

Hep bir ıhlamur kokusuyla canlanıverir o günlerin hayali aklımda. Dünyanın ten kokusu sanırdım ıhlamuru. Kokusuyla köyü büyülemekle görevlendirilmiş gibiydi.

Akşamları babam eve döndüğünde kucağına atlar, bahçede oyun oynarken çıplak ayağımla farkında bile olmadan üzerine bastığım karıncalar için ağlardım. Belki de ağlamak için bahaneler yaratırdım, bilmiyorum. Çünkü babamın kucağı kendimi bütün yaramazlıklarımla, olduğum halimle, korkusuzca teslim edebildiğim en huzurlu, en güvenli sığınaktı. Üzüldüğüm her şey için bağışlamaya hazırdı beni. 8 yaşında yanakları al al bir kızdım. Babam mı dünya mı deseler, babam derdim.

Sekiz yaşındaydım hatırlıyorum, akşamları bana getirdiği çikolatalı gofretlerin paketindeki kırmızıya benzetirdi yanaklarımı... "Al yanaklı kızım..." diye sever, gülümserdi bana...

Bir anlaşmamız vardı onunla... Bana getirdiği çikolatalı gofretlere karşılık, ben de ona bahçedeki böceklerin hayatlarını anlatırdım. Hangi böcek yuvasından çıkmadı bugün, hangisi ne işe koşturdu, bebek böcekleri kim havalandırdı, hangisi nereye saklandı, hangisi çalışkan, hangisi tembel, sayemde hepsini bilirdi babam...

Burnu pembe olan tırtılı anlattığımdan beri bana güler. Artık 18 yaşındayım, 10 senedir o tırtılın muhabbetini yapıyoruz hâlâ zaman zaman.

Küçük bir kızken tırtılları ve filleri çok severdim. Babam bana üzerinde tırtıl ve fil resimleri olan yeşili pembesi bol bir pijama almıştı.

Pijamaya sığsın diye tırtılla filin boyları aynıydı, görünce gülesim gelmişti. Tırtıl boyunda fillerim de olsaydı keşke bahçede... Hepsini besler büyütürdüm. Masallar anlatırdım onlara, masallar dinlerdim onlardan...

Bir de gamzelerim vardı. Biri sağ, diğeri sol yanağımda. Babamın anlattığı hikâyeye göre ben bebekken yağmurlu bir günde çok susamış yeşil bir kelebek, gelip konuvermiş yanağıma. Beni korkutmadan yanağımda biriken damlalardan su içmiş yavaş yavaş. Yanağımdaki bu çukurlar da, gözlerimdeki yeşiller de, o kelebekten armağan kalmışlar bana...

Çocukken inanmıştım bu hikâyeye ama bir tırtılın, uslu durursa kelebeğe dönüşeceğine inanmam epey vakit almıştı. Uslu bir çocuktum ama kelebek olmak için değil, babamı çok sevdiğim için usluydum ben. Büyümüş de küçülmüş dedikleri babasının güzel prensesiymişim ben.

Babamın kitaptan bir cenneti vardı. İki katlı ahşap bir yapının içine gizlenmiş, uçsuz bucaksız bir kâinat yatardı orada. Çok eski bir sahaf dükkânı. Birkaç kuşak öncesinden beri bizimkiler işletirmiş orayı. Öyle olunca da kitap aşkı nesilden nesile geçmiş bize.

Babamın kitaplarını koklamayı, önceleri bol resimli sonraları da bol yazılı kitapları hep çok sevmiştim. Babamın sahafı benim en büyük oyun alanımdı. Kitapları dikkatlice üst üste koyup ev yapar, içine de bir anne, bir baba, bir de çocuk çizermişim.

Şimdilerdeyse daha fazla şey anlatıyor kitaplar bana. Kiminin üzerinde yazarının imzası, kiminin kabı yırtık, sayfaları dökülmüş, kimi çok kıymetli bir sanatçının kütüphanesinde okunup durmuş defalarca. Kiminin sayfalarının kenarlarında notlar var, ucu kıvrılmış, arka sayfasında ya bir telefon numarası, ya bir isim. Kiminin içinden birbirlerine âşık oldukları bakınca bile hissedilen bir çiftin fotoğrafı düşüyor. Fotoğraflar eskise de fotoğraftaki aşklar eskimiyor...

Öyle çok şey anlatıyordu ki bu detaylar bana, kitabın başlı başına bir serüveni vardı adeta. İnsan gibi bir yaşamışlığı vardı. Başına ya bir şeyler gelmiş, ya bir şeylere tanık olmuş, ya sırlar gizlemiş, ya elden ele dolaşmış, ya yabancı memleketler görüp geri dönmüş...

Bilmiyorum gitmek işin zor yanı mıydı, kolay yanı mı? Kolay olmadığını anladım gitmelerin. Hesaplaşması varmış, dönmek isteyip de dönememesi, yüreğinde uzayıp giden gurbetleri varmış. Kendini suçlarmış insan, vicdanı rahat bırakmazmış onu. Dışarıdan göründüğü gibi kolay bir iş değilmiş çekip gitmek... Üstelik insan gittiğinde iki kişilik bir bedel ödüyormuş, anladım.

Babam camiye gittiğinde onu yalnız bırakmaz, peşine takılırdım küçükken. Namazı yarım kılıp hemen dışarı çıkar, avludaki kuşlarla oynardım. Çocukken her şeyden yarım yarım nasiplenerek öğrenmeye başlamışken hayatı, ileride aslında hiçbir şeyin yarım kalmayacağıyla yüzleşeceğimi henüz hiç bilmiyordum tabii...

Bir gün sevdaya tutulunca anladım, yarım sevmek de yoktur, yarım gitmek, yarım kalmak da... Küçükken her şeye yarım yarım başlayıp iki kişilik bir sevdaya tutulunca afalladım işte.

Evet, fil ve tırtıl. Birbirinden hayli uzak seçimler gibi görünebilir ama ikisi de başlı başına çok tatlı... Peki file âşık olan bir tırtıl var mıdır acaba şu hayatta? Ya da âşık olduğu tırtılın yuvasını istemeden de olsa ezen bir fil olabilir mi?

Kim bilir, vardır belki de... İmkânsız gibi görünse de mümkünler her zaman kalabalıktır benim içimde. Mucizelere inanırım çocukluğumdan beri.

İçim kelebekli, aklım karışık, gözlerim hüzünden başka bir şeye bakmaya namüsait. Olsun, belki de inanmak lazım. Belki de imtihan olan sabır dedikleri budur. Diliyorum ki bir mucize olsun ve ben ondan hiç gitmemiş olayım. Güzel olmaz mıydı sanki? Bence olurdu. Mucizeler zaten hep olurdu, yoksa tırtıllar fillerin yaşadığı bu dünyada nasıl yaşardı?

***

On dokuz derece...

Bu güneşin ufuktan ne kadar aşağıya geldiğinde gecenin bittiğini gösteren açıdır. Güneş ufuktan eksi on dokuz dereceye geldiğinde tan oluşur ve artık gece bitmiş sayılır.

Benim için kıymetlidir bu vakitler... Babam "Akıllı insanın üzerine güneş doğmaz kızım..." derdi. Sevdiğinin hatırına sabaha uyanmak bir manaya uyanmak demekmiş. Hem sabahları dua eden küçük kızların duasını Allah hiç geri çevirmezmiş.

"Zoru kolaya dönüştüren şey sevgidir..." derdi babam. "Sevene zorluk yoktur..." derdi.

İnsan sevdiğinin hatırına alışırdı alışamam dediği her şeye. Sevdiğinin hatırına yapardı yapamam dediğini.

Dünya hayatı kolaylaştıran bir dolu araçla dolu şimdi. Sahip olduğumuz her şeyin sayısı artıyor, peki ne azalıyor? Sevgi. Zaten bizim ihtiyacımız olan şey korku değil sevgiydi. Sevdiğin için fedakârlık da korkuyla değil sevgiyle mümkündü.

"Akşamları herkes sevdiğine teşekkür eder..." derdi babam. "Önemli olan gün başlamadan, elinde bir şey yokken teşekkür etmektir."

O zamanlar öğrendim ki, dua etmek, seni bir duyan ve koruyan olduğundan emin olmak demektir. Kaygıya, şüpheye, korkuya düşmemektir. Duanın içinde umut etmek yoktur, emin olmak vardır. Umut bir ihtimaldir ne de olsa içinde şüphe vardır. Emin olmanın içindeyse güven vardır. İkisi aynı şeyler değil...

İtiraf etmek gerekirse biraz da meraklı bir kızdım küçükken. Tamam, kabul ediyorum. Hâlâ çok meraklıyım... Bilmeye, öğrenmeye, sormaya, sorgulamaya, araştırmaya karşı çocukluğumdan beri içimde bir oyunbazlık var.

Herkesin çocukluktan hatırladığı merakları vardır. Babamın beni omuzlarına alınca nasıl dengede durabildiğini çok merak ederdim. Onun omuzlarına çıkınca o kadar yüksekte kalırdım ki, büyük insanların dengede yürüyebilmesine hayranlık duyardım. Çocukken horozların her sabah aynı saatlerde nasıl uyandıklarını da çok merak ederdim mesela.

"Nasıl oluyor da uyuyakalmıyorlar baba?" diye sorardım.

"Onların saatleri vardır kızım..." derdi babam.

"Nasıl saatleri var? Evlerinde mi?"

"Hayır, hisleri var, Allah her gün insanları uyandırsın diye aynı saatte onlara his verir, onlar da hadi kalkın çalışmaya başlayın diye insanlara seslenir."

"Sen horozların dediklerini anlıyor musun baba?"

"Bazen lisanını bilmesen de birinin ne dediğini anlayabilirsin güzel kızım. Konuşmak anlaşılmayı kısıtlar, horozlar da sesleriyle değil seslerindeki hal ile anlatırlar. Büyüyünce ne demek istediğimi daha derinden anlayacaksın merak etme."

"O zaman herkes evine horoz alsın baba... Böylece kimse sabahları tembellik etmez."

"Benim akıllı kızım, insanın kalbindeki horoz ötmedikten sonra evindeki horoz fayda etmez."

***

Hayat yolculuğumda önüme tutulan fenerdi babam, annemin karnındayken başlamıştım anlattıklarını dinlemeye. Bütün sorularımın cevabıydı... Çıkmazlarımın çaresiydi. Ne zaman düşüp dizimi kanatsam babam öpünce hemen geçerdi.

Herkesin hayatında güvendiği, sığındığı biri vardır. Güzel günlerini paylaşan, zor günlerinde imdadına yetişen, en güçlü kahramanlardan bile daha büyük, bir türkü melodisi gibi huzurlu, tam boğulmak üzereyken gelip kurtaran güvenli bir kıyı. Bunları okurken aklınıza gelen o ilk insan var ya, işte onun gibi biri. Bu nazende kızın hayatındaki "o kişi" de babasıydı.

O hayattayken kimse üzemezdi beni. Babam korur, kollar, iyileştirirdi. Yaralı kalmama izin vermezdi. Ölecek olsam Azrail'in elinden bile alır beni gibi gelirdi. Kollarındayken, kaybettiğim oyuncaklarım için bile ağlamaktan vazgeçerdim. Üşütüp hastalandığımda saçlarımı okşadığında düşerdi ateşim.

Dünyada olan biten her şeyi sadece o biliyormuş gibi gelirdi. Profesördü, öğretmendi, bilgeydi... Bana Allah'ı anlatan adamdı. Konya'da kırmızı ahşap kapılı evimize yolu düşenlerin gönlüne aklı, çalışkanlığı, sevgiyi, hoşgörüyü ve Allah'ı düşüren, tüm kötülüklere rağmen dünyayı katlanılabilir kılan adamdı benim babam.

Dünyanın da en çalışkanıydı, sahafta kitaplar biriktirir, setleri tamamlayınca masasıyla, dolabıyla, boyasıyla tam bir kütüphane açardı Anadolu'daki bir okula. Şimdiye kadar on üç tane kütüphanesi olmuştu Anadolu'da... Üzerinde "Sahaf Baba Kütüphanesi" yazan...

Evet... Babamın namı "Sahaf Baba"dır. Adını hatırlayan bile yok neredeyse...

"Baba seni öyle çok seviyorum ki başka birini sevecek yer kalmadı kalbimde" demiştim bir defasında.

"Babalık yerini ben doldurdum belki ama her insanın kalbinde açılmayı bekleyen bir sevda kapısı vardır. Vakti geldiğinde o kapının kilidini açabilecek anahtara sahip o kişi çıkacaktır ortaya ve kalbinin diğer yarısını uyandıracaktır kızım" diye karşılık vermişti.

"Hayır..." demiştim. "Ben babamı kimselere değişmem ki..."
Oysa yıllar sonra babamın yine haklı çıktığını görecektim.

***

Sabah erken kalkar beni okula, babamı sahafa uğurlardı annem. Evimizin huzurunu elindeki oyalara gösterdiği inceliğin aynısıyla dokumuştu adeta. Çalışkan, özverili, güler yüzlü, sebatkâr, nahif bir kadındı.

Dünyanın en güzel, en sevgi dolu, en anlayışlı annesiydi. Babam hep "Allah senden razı olsun hanım" derdi ona. Tuhaf bulurdum babamın bu teşekkürünü küçükken.

"İnsan, başkalarına teşekkür etmez mi baba?" diye sorardım. "Neden anneme sürekli Allah razı olsun diyorsun?"

"İnsan en çok eşine teşekkür etmeli..." diye cevap verirdi babam. "En büyük hak ömür yolculuğunda birbirine eşlik edenlerin birbirlerine olan hakkıdır. Önce onlar birbirinden razı olmalı. Annen gece gündüz bizimle uğraşıyor, işlerimize destek oluyor. Hangimizin ihtiyacı olsa onun yanına koşuyor işini kolaylıyor da daha bir gün bile yoruldum demedi. İnsanın bir teşekkür hakkı varsa o da eşine olmalıdır..." derdi "Hem bakma sen benim konuştuğuma, asıl bilen kişi annendir güzel kızım..."

Evin küçük annesi sayılırdım ben. Gelen gidenimiz çok olduğundan başı çok boş kalmazdı annemin. Bazen ismimle bile çağırmazdı beni komşu teyzeler. "Küçük anne" derlerdi bana. Son zamanlarda bacaklarındaki rahatsızlık yüzünden uzun saatler ayakta duramayan amcam için üzülür, çabalardı. Aklı fikri hep iyilikte, güzellikteydi melek annemin.

Amcam rahatsızdı bir süredir. Fazla ayakta kalmaması gerektiğini söylemişti doktorlar. Bu yüzden babamla birlikte işlettikleri sahafın yükü tamamen babamın üzerine kalmıştı.

Kuzenlerim de ben de derslerden vakit buldukça giderdik babamın işini kolaylaştırmaya.

Baba yarısı derler ya, işte bu sözü benim amcam yazdırmış sözlüklere. Çok babayani bir adamdı. Babamla aralarında yaş farkı vardı biraz, amcam üzerine pudraşeker dökülmüş tatlı bir dedeye benzerdi daha çok. Bembeyazdı saçı sakalı... Baba oğul gibi görünürlerdi babamla yan yana geldiklerinde.

Adı da, namı da Cennet'ti amcamın. İsmiyle bu kadar mı müsemma olur bir insan? Başka bir ismi de olsaymış nur yüzü, temiz kalbi, yardımseverliği sayesinde yine "Cennet" diye çağırırlardı onu eminim.

Ama gel gör ki bu cennet adam kızlarından yana biraz dertli. Bir söz vardır hani, "Zalimden âlim, âlimden zalim doğar" diye.

Cennet amcam gibi Allah için yaşayan bir adamın, nasıl olur da dünya gailesine gömülmüş, vurdumduymaz çocukları olabilirdi? İki büyük kızı ve oğlu gösterişten hoşlanan, boş vakti çok, aklını rahat ve konforlu hayata takmış çocuklardı. Ama bir de küçük kızı vardı ki, dünya bir yana Esra bir yanaydı.

Çok akıllı, çok da çalışkan bir öğrenciydi Esra. Doğu dillerine de meraklı... Nasıl olurdu da aynı anne babadan doğmuş, aynı çatının altında büyümüş çocuklar birbirlerine bu kadar benzemez anlamazdım hiç.

Yaşım büyüdükçe babamla yaptığımız sohbetler, ondan aldığım dersler daha da derinleşmeye başlamıştı. Baba kız gibi değil de, öğretmenle öğrencisi gibiydik... Babamın sohbetine öylesine kaptırıyordum ki kendimi, okuldaki dersler bana kolay gelmeye başlıyordu.

Üniversitemi çok seviyordum ama oradaki arkadaşlarımla çok vakit geçiremiyordum. Sevmiyor da değildim sadece alışamıyordum. Ben de on sekiz yaşındaydım ama yaşıtlarımın ilgilendiği şeylerden hoşlanmıyordum.

Belki çok klişe olacak ama kimse beni anlamıyor gibi gelirdi. Bir süre sonra esamisi okunmayacak, hatırlamayacakları meseleler üzerine kavgalar olur, yalanlar, dedikodular havada uçuşurdu. Evde gördüğüm terbiyeyi evde bırakıp onların yanında biraz onlara benzememi istiyorlardı. Bu yüzden çok sevdiğim üniversitemde bir tarafım hep yarımdı. Dışlıyorlardı güzel ve temiz kalmaya çalışıp kendi fikirleri olanları.

Birileri neden aralarında sürekli başkalarını konuşur anlamıyorum. Bu yüzden aralarına karışmamayı tercih ediyor, konuşmaların çoğundan uzak kalmak istiyorum.

Fırsat bulamıyoruz dökülmeye. Böyle beni anlayan birileri olunca anlatıveriyorum işte. Yoksa başımızı kaldırdığımız gibi yapmamız gereken şeyleri anlatıyor dünya. Çok bunaldık hepimiz. Biliyorum, sizin de içiniz anlatmak istediğiniz şeylerle dolu. Çok bildiğinizden değil belki, içinizde tutamadığınızdan.

Biraz duygusal konuştuğumun farkındayım, bunda günlerdir içinde bulunduğum ve hayatımda ilk kez yaşayacağım o tuhaf hissin payı büyük. Çünkü 18 yaşına kadar dışına çıkmadığım güzel Konya'ma hoşça kal deyip İstanbul'a gidiyorum bugün.

***

Öğlen saatlerinde annemle ve babamla Birlik Dükkânı'ndan tren garına geçeceğim. Akrabalarımla, konu komşuyla vedalaştıktan sonra çıkacağım yola... Böylece başlayacak İstanbul yolculuğum...

"Birlik Dükkânı da ne?" diye merak ediyor olmalısınız.

Tamam, tamam durun... İki ayağımı bir pabuca sokmayın ki anlatayım... Konya'da kırmızı ahşap kapılı bir evde yaşıyoruz biz. Sade, sakin bir mahallede, efsunkâr muhabbetlerin edildiği bir hanedir evimiz. Önceleri küçük gelirdi bana yaşadığımız yer. Ama şehirde geçirdiğim bir yıldan sonra, emanetçisi olduğumuz o minik avlulu evimizin nasıl büyük âlemleri taşıdığını anladım. İnsanların kocaman şehirlerde ceviz kadar zihinlerinin içinde yaşadığını görünce emanetçisi olduğumuz bu minik avlulu evimizin nasıl da büyük âlemleri içinde barındırdığını anladım.

Babam, mahalleden arkadaşlarıyla bir araya gelir, sohbetler yaparlardı.

"Ne konuda peki?" diye sorduğunuzu duyar gibiyim.

İnsana dair konuşurlardı. Nedir bizi uyutan, nasıl uyanırız bu uykudan?

Zaten bizim evde en sevdiğimiz söz özetlerdi her şeyi: "Ne için varsan, O'nun için yaşa..."

Velhasıl, bana hayal kurmayı öğreten küçük mahallede kâinatın konuşulduğu bir yerdi evimiz. Babamın evimize koyduğu isim de bu işte: "Birlik Dükkânı."

Çocukluktan beri evde işlerim bitince salona bakan mutfağın penceresini bir parmak açar, cama kolumu dayar, babamları dinlerdim. Her konuşulanı anlar mıydım? Bir kısmını. Ama konuşulanlar, anlasam da anlamasam da tanıdık gelirdi bana.

Sanki daha önce konuşulmuş da unutmuşum gibi. Sanki bir gün biriyle konuşacakmışım gibi. Biriktirir biriktirir dururdum içimde. Sanki bir gün biri çıkıp yarım anladıklarımı tamamlayacakmış gibi.

***

Üniversitemin ilk yılını başarıyla bitirdiğim için değişim programıyla bir yılımı İstanbul'da geçirme imkânı yakalamıştım. İkinci sınıfı orada bitirip ertesi yıl yeniden dönecektim Konya'ya.

Babam çok önemsiyordu eğitim hayatımı. "Ellerini açıp dua etmek yetmez kızım, aklını açıp bu dünyayı anlamalısın..." diyordu. "Kendini geliştirmeli, her konuda örnek bir insan olmalısın. Öğrenciler yetiştirmelisin. Onların yapacağı güzel işlerin içinde senin de emeğin olmalı..."

Babam fevkalbeşeri bir derinliğe ve dünya görüşüne sahipti.

Önceki gün "Babacığım, dünyanın en zor sorularına bile cevabın var, peki söyle bakalım, sensiz nasıl duracağım o koca şehirde?" diye sorunca hüzünlenmişti o şefkatli bakışları. Dudağının kenarında kırık bir tebessümle konuştu.

"Her özlemin merkezinde sevgi var güzel kızım..." dedi. "Özlemediğini sevmez insan. Biz de biraz özleşiriz ki sıra kavuşmaya gelsin. Güneş her gece neden batıyor sanıyorsun? Özleyelim ki onu tekrar isteyelim diye... İnsan neden uyur mesela? Özlesin ki uyansın diye. Yeniden hayata geri dönsün diye...

Dünyada neden kötülük var sanıyorsun? İyiliği özleyelim de iyi insanlar da var olsun diye. Her şey zıddıyla bilinir. Babanı özle ki babanı daha çok sev."

Babam benim kahramanımdı. Bir gün başkasını onu sevdiğim kadar sevebileceğim aklımın ucundan bile geçmezdi.

***

Beni İstanbul'a götürecek olan tren kalkıyor bugün...

Ayrılıklar hep korkutucu gelmiştir bana. 18 senedir yaşadığım evle vedalaşacağımı hiç düşünmemiştim. Hem çok heyecanlıyım hem korkuyorum. Bir yanım gitmek istiyor, bir yanım ait olduğum sınırların dışına çıkmaktan yana endişeli.

Bir yanım uçurtmanın ipini kesip onu sonsuz bir gökyüzünde hak ettiği özgürlüğe kavuşturmaktan yana, diğer yanım uçurtmanın ipini hayatının kahramanının ellerine emanet etmeyi öğütlüyor...

Karmakarışığım yani...

İçimin telaşı yüzüme yansımış olacak ki babam gelip tuttu ellerimden.

"Bu bir veda değil kızım..." dedi. "Sen burayı sırlıyorsun. Terk etmiyorsun. Allah için yapılan işler hiçbir zaman son bulmaz, başka bir zaman yeniden devam etmek üzere sırlanır. Sen oraya ilim için gidiyorsun. Vakti gelince de geri döneceksin. Şimdi gitmen gerekiyor. Belki döndüğünde olmak istediğin kişi olacaksındır. Küçük bir kız olarak gidip pişmiş bir hayat öğrencisi olarak geleceksindir."

Ağzımı bile açmadığım halde, bütün kaygılarımı bir iki cümleyle yatıştırmıştı babam. Anlaşılmak için açıklama yapmak zorunda kalmamak ne kıymetli bir ayrıcalıktı anlatamam.

"Sana bir hikâye anlatayım, dinle..." diye devam etti babam. "Zamanın birinde, bir adam sevdiğinin kapısına varmış, çalmış kapıyı. Sevdiği içerden seslenmiş. 'Ey kapıya varan kişi, kimsin sen?' diye sormuş. Kapıyı çalan adam 'Benim...' deyince, sevdiği 'Git o halde...' demiş. 'Senin için içeri girmenin vakti gelmemiştir. Var git buralardan, böyle bir manevi nimetler sofrasında ham kişinin yeri yoktur.' Ham kişi sevdiğinin dediğini yapmış ve kapının eşiğinden ayrılmış, üzüntüden yanıp kavrulsa da yola düşmüş.

Sevdiğinin dediğini düşünüp durmuş. Ham kişiyi, ayrılık ve firak ateşinden başka hiçbir şey pişiremez kızım. Bu heva, heves dünyasından onu kurtaracak başka bir şey yoktur. O ham kişi, tam bir yıl boyunca dolanmış yollarda. Arayış ateşiyle çöllerde yanmış. Ses etmek istemiş ama sesi çıkmamış. Ayrılık ateşiyle pişip dönmüş sonra, sevdiğinin evi etrafında pervane olmuş. Ağzından sevdiğini incitecek bir söz çıkmasın diye, edebini gözeterek kapının halkasını hafifçe vurmuş.

Sevgilisi içerden, 'Ey kapıyı çalan kişi, kimsin?' diye seslenmiş. Kapıdaki âşık, 'Sensin ey gönlümü almış olan! Kapıdaki de sensin...' cevabını vermiş. Sevdiği de bunun üzerine 'Mademki şimdi kapı eşiğindeki sen bensin. Ey ben olan; benden ibaret olan, şimdi içeri girebilirsin. Bu ev çok ufakçadır. Bu evde iki kişiye kalacak yer yoktur. İğneden geçirilecek iplik, iki ayrı iplik olursa, ucu çatallaşır da iğneden geçmez. Ancak tek bir iplik iğneden geçebilir. Şimdi tek katız, tek ucuz, tek başız, tek canız, işte şimdi bu evde yaşayabiliriz...' demiş. İnsan fanidir kızım, ancak fani olmayana kendini teslim edince baki olur. Kendine ayna olacak kişiyi bulup da birlik iğnesinden tek bir kişi olarak geçince ölümsüz olur."

Babamın büyülü sesi sayesinde içimi delip geçmişti bu hikâye. Yolculuk vakti gelmeye, babamın anlattığı bu kıssa kafamı karıştırmaya devam ediyordu. Şu an çok idrakine varamadığım bu hikâyeyi ancak İstanbul'da geçirdiğim bir yılın sonunda anlayabilecektim.

Kitaplarda okuduğum, masallarda dinlediğim aşkın kahramanı olduğumda anlayacaktım babamın anlattığı bu hikâyenin derinliğini...

***

Bu sergüzeşt biraz beni korkutuyor açıkçası. Bilmiyorum, çok büyük şehir İstanbul. Sevginin yerini paranın, inceliğin yerini koşuşturmanın aldığı o koca şehirlerden işte. Halihazırda eskiye dair birçok şeyi özleyen bir kız olarak İstanbul'da nasıl hasretlik yaşayacağım evime, anneme, babama bilmiyorum.

Hayatımda ilk kez kara trene bineceğim. Hayatımda ilk kez ailemden ayrılacağım. Hayatımda ilk kez kendi yatağımda uyumayacağım. Bu benim için bir tarihten başka bir tarihe geçmek değildir de nedir?

Bir gezegenden bilinmeyen bir gezegeni keşfetmek üzere yolculuğa çıkmış gibiyim. Yüreğim ağzımda atıyor sanki... Kalbimin içinde küçücük bir kuş kanat çırpıp duruyor. Duygudan duyguya savrulup durduğum için "Nasılsın?" diye sorsalar cevap veremem. Bilmiyorum nasıl hissettiğimi...

Akşam olunca kararmayan kocaman bir şehirde, kendinden başka her şeyle ilgilenen insanların arasında bir yıl geçireceğim. Gözümde büyümüyor değil.

Ama babamdan da biliyorum ki gurbet lazımdır insana. Gurbetler bir gün bu dünyadan da ayrılacağımızı hatırlatır bize.

"Oraya gidince sakın unutma kızım olur mu?" dedi babam.

"Neyi babacığım?" diye sordum.

"Unutmaman gereken en önemli şeyi, kendini."

"Anladım babacığım, merak etme unutmam..."

Sıkıca sarıldım babama. Evimizin şefkatli, koca çınarına... Hem içim yandı hem gözlerim... Çocukluğumu çekip koparıyorlardı sanki benden. Hafızamı silmeye çalışıyorlardı. Beni ben yapan ne varsa, ardımda kalacaktı sanki. Bambaşka biri olacaktım trene bindiğim an.

Babasının kanatları altında büyüyen al yanaklı, gamzeli, yeşil kelebek değildim sanki bundan sonra. Oysa hayatımın sonuna kadar babamın küçük kızı olarak Konya'da yaşamaya razıydım ben. Nereden çıkmıştı şimdi bu İstanbul?

Yüzümü babamın boynuna gömüp derin bir nefes çektim içime.

"Merak etme baba..." dedim. "Minik kuzun geri gelecek."

Gözlerimi terk etmek üzere olan gözyaşlarımı trene saklamaya çalıştım, yalnız birkaçı süzülüp gitmişti.

"Biliyorum güzel kızım..." dedi babam. "Unutma... Uçurtmalar rüzgârla birlikte uçmazlar, rüzgâra karşı durdukları için yükselirler..."

"Bir an bile unutmayacağım, söz..."

Artık büyüdüğüm aileyi sırlama, canım babama, güzel anneme allahaısmarladık deme vaktiydi. Belki de hayata başlamanın vaktiydi. Bir başına uçmayı öğrensin diye yuvasından itilen kartal yavrusuydum belki de. Kanatlarım kuvvetlenecekti bundan sonra. Hayat terbiye edecekti beni. Belki de aşk terbiye edecekti yüreğimi...

Sarıldım babama. Kocaman açtım kollarımı, sarıldım evimizin çınarına. Gözlerimi sormayın. Kendimden geçtim. Teferruattı herkesle vedalaşmak, babamı bırakmak istemiyordum. O da gelseydi ne olurdu sanki... Hem babam İstanbul'a gitse, bir konuşmaya başlasa, İstanbul İstanbul olalı böyle güzel içlenmemiş, böyle derin düşünmemiş olurdu. Boynundan derin bir nefes daha çekip "Minik kuzun geri gelecek baba..." diye tekrarladım.

"Biliyorum güzel kızım..." dedi. "Sana güveniyorum."

Tren hareket etmişti. Yuvasına âşık tazecik bir ağaç köklerinden koparılıyordu sanki. Yetiştiğim, beslendiğim toprakları gözlerimde yaşlarla geride bırakıyordum. Ama artık babamın kızı olmanın vakti gelmişti. Yıllarca aldığım yüzme eğitimini, içine atlayacağım İstanbul okyanusunda kullanmanın sırasıydı artık. Özlesem de ağlasam da önüme bakmalıydım sadece...

Yeniden başlama vakti gelmişti. Güzel günlerin geleceğini hissediyordum sanki, çünkü biliyordum, babam öğretmişti, Allah yeniden başlayanların yardımcısıydı...

Ne zaman ki büyüdüm, babamın anlattıklarının etkisini hayatımda görür oldum. Bugün bunları yazabiliyorsam siz bunları benden değil, babamdan bilin. Bana bilgiyi aktaran babamdı. Aşkı verense Seyyah oldu. Seyyah mı kim? Birazdan anlatacağım sabredin.

2. Bölüm

Tren, Mektup, Uçurtma, Hemdem, Kays, Papatya,
14 Şubat, Tefekkür

İnsanın ihtiyacı olan şey mükemmel biri değil,
kendisine ayna olacak o kişidir...

Aylardan en güzeli, eylül. İstanbul.

Gözlerimi kıstığımda kelebeklerin kanatlarını görebileceğim kadar güzeldi hava. İnsanın içine pazar hissi veren bir çarşamba. Çok kalmamıştı artık Haydarpaşa'ya. Yolculukta uykuya dalmışım. Müziği kapatacak kimse olmadığından, telefonumda uzun bir tekrar döngüsüne giren çalma listemde sıra tam da "Gönül Yarası" şarkısına gelmişken açtım gözlerimi.

"Gönül yarası bu, sözün neresi bu
Yıkıldım eşiğine susmaya geldim
Gönül yarası bu, unut çaresi bu
Yoruldum kapında düşmeye geldim..."

Öyle ya şarkının da söylediği gibi insan sevince, sevdiğinin eşiğine yıkılıp susarmış. Hiçbir şey dilemeden, istemeden, tek satır söz söylemeden, "Gel..." bile demeden, öylece beklermiş gönül kapısında. Orayı kendine dergâh eder, beklermiş. Hakikat, bilmediğini bildiğin değil, bilmediğini bile bilmediğin yerde seni beklermiş.

Hayatımda hiç yaşamamıştım böylesi hisler ama okudum, duydum, dinledim. İşin düşündürücü yanı, ne okuduklarım gibi sevdalara rast geliyordum hayatta ne de dinlediklerim gibi aşk masallarına...

Maalesef bazı arkadaşlarım daha bu yaşlarında pişmanlıklar biriktirmeye başlamışlardı bile. Hep aynısı oluyordu. Gitmez dedikleri kim varsa gidiyordu. "Seviyorum, senin için her şeyi yaparım..." diyenler, sıkılınca bahaneler üretip öylece bırakıp gidiyorlardı.

İnsanların artık aşktan anladığı şey değişti de ben mi farkında değilim yoksa kitapların yazdığı aşklar aslında hiç mi var olmadı bilemiyorum. Okuduğum aşklarda adanmışlıklar var, sadakat var, sabır var, hoşgörü var, inanç var, teslimiyet var, en önemlisi de emek var, samimiyet ve gerçeklik var.

Halbuki etrafımda olan bitene bakınca hiçbirinden eser göremiyorum. Aşklar mı değişti, âşıklar mı anlamıyorum. Ama sorsan yer gök sevda, herkes aşkından ölüyor, dünya sevgi üzerine kurulu...

Derken bir bakıyorsun iki gün sonra birbirlerinden geçmiş hevesleri... Sıkılmışlar aşktan. Ayrı dünyaların insanlarıymış onlar.

İstediğin gibi davranmayan bir kediyi sevmekten vazgeçer misin? Onu da haylazlığıyla kabul edersin, hatta sırf haylaz olduğu için bile daha fazla sevesin gelir bazen.

Sevmek böyle bir şeydir. Sevmek birini kendine benzediği için kutsallaştırmak sayılmaz. Bu kendini sevmek olur. Başkasını, bütün başkalıklarıyla sevebilmek değil midir gönül genişliği, aşkın üstünlüğü?

Sabır göstermez mi insan sevdiğinin zor günlerine, destek olmaz mı, yanında durmaz mı, elini tutmaz mı? "Korkma ben varım, iyi günde de kötü günde de beraberiz..." demez mi?

Okuduğum hiçbir aşka benzemiyor günümüzde yaşananlar. Sanırım bu yüzden kimsenin aşk hikâyesiyle ilgilenmiyorum. Hep şikâyet, hep trip, hep kavga, hep strateji, hep yalan, hep mücadele, hep savaş...

Aşka inanan bir kalbin, aşktan yana hayal kırıklığı yaşayabileceğine inanmak gelmiyor içimden. Varoluşun adaletini sorgulamak gibi bir şey bu...

Kitaplarda okuduğum gibi değilse artık hiçbir şey, etrafımdakilerin yaşadıkları gibi olacaksa hiç olmasın daha iyi diye düşünüyorum. Çürümüş bir deneyim yerine, sonsuza dek taze kalacak bir aşkın umuduyla yola devam etmek daha mantıklı, daha insani geliyor bana.

Aşk dolu, tertemiz, gerçek sevgilere, gerçek sevgililere rast gelmek güç tabii... Herkesin beklentisi başka... Kimse kendini bir aşka adamanın peşinde değil, herkes kendini kurtarmanın derdinde. Böylesi bir dünyada aradığımı bulabileceğimi hiç sanmıyordum.

Aşk dedikleri buysa, benden uzak dursun demek geliyor içimden. Böyle bir dünyada gerçek bir aşk yaşanamaz sanki sanıyordum. Tertemiz sevmeler böylesine kirli ve çıkarcı bir dünyada mümkün olamaz gibi geliyordu bana. Ta ki ona rastlayıncaya kadar...

***

Gözümü açtığımda tren Haydarpaşa'ya girmişti artık. Kulaklığımı çıkarıp kapattım müziği. Tabii ki ilk iş martılarla birlikte bir kıtadan diğerine geçmek... Cümlesini kurmak bile o kadar ihtişamlı ki.

İki kıtaya omuzlarını yaslamış koca bir sevgili İstanbul... Kız Kulesi'ni boğazında taşıyor. Sevgililerin siyah-beyaz fotoğraflara en çok yakıştığı ve her şeyi zıddıyla bulabileceğiniz tek yer. Bu nasıl bir letafet, nasıl kusursuz bir mozaik! Martıların başkenti, güzel İstanbul.

Bir gün martılar giderse İstanbul'dan, herkes gider gibi geliyor bana. Onların sesi olmadan denizin boylu boyunca şehri sardığına kim inanır ki? Simitleriyle o bembeyaz kanatlı melekleri beslemeyeceklerini bilseler, insanları vapura bindirebilir misiniz? Ya da Boğaz'da yaşayan insanlara artık sabahları martı sesleriyle uyanmayacaklarını söyleseniz ne olurdu?

Yeter ki istesin insan, sadece bir martıya bile bakıp özgürlüğe olan ihtiyacını hissedebilir. Özgürlüğe, yani denize yakın bir yere gidin ve kulak verin sizi çağıran o inanılmaz sese. Sanırım Konya'da sık sık duyduğum ney sesi yerine İstanbul'da insanlar martı sesiyle besleniyorlar. Evet, kabul edilebilir bir güzellik bu da.

Martılar fıtraten balıkla beslenirler. Ama hemen olaya müdahale edip onları da bu toprakların kültürüne alıştırarak simitçi yapmışız. Vapurlarda büyüleyici sesleriyle söyledikleri şarkılar karşılığında simitle besleniyor martılar...

Hiçbir şeye minnet etmeyen, sabah kalktıklarında acaba yemek bulabilir miyim telaşı içinde olmadan denizlerin üzerinde kanat açarak balık avlar martılar...

İnsanlar gibi, birilerine minnet ettikleri için değil, özgürlüğe olan inançlarıyla buluyorlar nasiplerini. Allah da gökyüzündeki güzel sesli incilerin rızkını vermek için, vapura binip bir eliyle babasının elini tutan, diğer eliyle parçalanmış simitleri martılara atan çocuğu sebep ediyor işte. Hepsi bu. Olanın eli ihtiyacı olana uzanıyor bir şekilde...

Martılara hayat olan eller gün gelir ölüm olur mu? Bütün gıdasının eliyle attığı simitler olduğunu bilen bir çocuk gün gelir o martılara kıyar mı? Martılar denizsiz, çocuklar sevgisiz büyüyebilir mi?

Bataklığın içinde bir inci tanesi gibi saf kalabilmiş bir adama kıyacağımı bilsem, belki de hiç büyümezdim. Böyle bir sevdaya kıyıp da bitireceğimi bilsem, belki de o şarkıyı hiç dinlemezdim.

***

Meşakkatli şekilde bavullarımı taşıyarak önce vapur sonrasında da otobüs aktarmalarıyla Fatih'te kız öğrenci yurdumu bulup yerleştim. Neyse ki İstanbul'a ilk kez gelen başka kızlar da vardı yurtta. Kendi gibi olanlara nedense daha çabuk ısınıyordu insan. Herkes birbiriyle kaynaşma derdinde.

Hepsi korkudan aslında... Kimse bu koca şehirde yalnız kalmaya hazır değil... Yaşları on yedi, yirmi arasında değişen gençleriz hepimiz. Bir yerde çocuk bile sayılırız aslında. Daha düne kadar çorabını annesinin giydirdiği çocuklar. Şimdi kocaman bir belirsizliğin yükü altındayız. İstanbul ne verir, ne alır, neye mal olur, kimse önden kestiremezdi ki bunu...

Yemekhanede toplanmış yeni kızlar, akıl birliği yapıp İstanbul'u gezmeye çıkmayı planlıyorlardı. Bundan sonra nerede yaşayacağını bilmek isterdi tabii insan. Açıkçası benim de aklım dışarıdaydı ama çekiniyordum da. Fazla uzaklaşmamak şartıyla İstanbul'a yakından bakmaya taliptim.

Aynı masaya denk gelmiş kızlarla biraz kaynaştıktan sonra birlikte hareket etmeye karar verdik. Yakın çevreden işe başlayabiliriz diye düşündük ve herkes ilk gün yalnızca yürüme mesafesi kadar açılma konusunda hemfikirdi. Vesaitlere atlayıp uzaklara gitmek yoktu bilmeden. Anlaştık...

Kızların hepsinde aynı endişe... Anlaşabileceği, aynı dilden konuşabileceği arkadaşlar arıyor herkes. Ortaya bir fikir atılınca kimse diğerine itiraz edip mimlenmek istemiyor, hiç hoş olmaz tabii daha ilk günden göze batmak diye düşünüyor. Ama bir arkadaş grubuna dahil olmak da şart. Koskoca bir yıl yurtta yapayalnız nasıl geçer kaygısı da var üzerlerinde. O yüzden kimse olduğu gibi değil henüz... Mümkün mertebe uyumlu olmaya çalışıyor herkes birbirine karşı.

Neyse ki yalnızlığa meyilli bir kızdım. Başkası gibi görünmek zorunda hissetmiyordum kendimi. Birilerinin çevresinde olmama gerek yoktu, kendi başıma yeterliydim. Olduğum kişi gibi görünmekte bir sakınca yoktu yani. Mümkünse etrafım fazla kalabalık olmasındı zaten.

Odama çıkıp hazırlanacağımı söyledim. Birkaç dakika sonra bahçede buluşmak için sözleşip dağıldık.

Üzerimi değiştirip küçük bir çanta aldım yanıma. Çıkarken pencereyi açık bırakmak istedim döndüğümde odam havalanmış olsun diye. İstanbul'un karakteristik bir kokusu vardı. Bunu ancak başka şehirden gelmiş bir insan ayırt edebilirdi bence. Alışmak zamanımı alacaktı elbette. Deniz kokusuna karışmış kesif bir toprak ve duman kokuyordu bu şehir. Eski, tozlu ama özgün bir koku... Pencereden başımı uzatıp gökyüzüne baktım biraz. Bulutlu, kalabalık bir gökyüzü... Kuşlar ve beyaz bir yarımay... Gece epey parlak olacak belli ki.

Muhteşem gözüküyordu odamın penceresinden İstanbul. Sanırım gökyüzünde eksik olan tek şey bir uçurtmaydı.

"Öğreneceksin, alışacaksın..." dedim kendime. "İnsan alışmalı yaşadığı yere. Veyahut gitmeli alışabileceği yerlere."

Aklım Konya'da biriktirdiğim uçurtmalarıma gitti birden. Nasıl da severdim uçurtmaları... Bir dolu uçurtmam vardı rengârenk, odamın duvarlarına asılı hepsi... Belki bir tanesini getirebilirdim yanımda diye düşündüm. Yurttaki duvarıma asardım şimdi ne iyi gelirdi...

Neyse buna da alışacaktık artık. İstanbul'a da, havasına da, insanına da alışacaktık. Henüz çok yeni gelmiştim ama evimi, odamı, ailemi, en çok da babamı özlemekten korkuyordum şimdiden. Belki de bu yüzden odada oturup kitap okuyarak geçirmek istemiyordum ilk günümü. Bir an evvel dışarı atıp oyalamaya çalışıyordum kendimi...

Aşağıda bekleyen kızlara yetiştim. Hepsi ne kadar da konuşkan... Bir şeyler konuşuyoruz ama tek satırı bile akılda kalacak cinsten değil. Havadan sudan işte. Çok insan olacaktı anlaşılan etrafımda ama babamla o bir satırlık konuşmamı bile arayacaktım buralarda.

Neyse babamın dediği gibi: "Hep iyilik düşün, hep iyilik olsun kızım."

Hepsi ailesinden kopup gelmiş gencecik kızlar işte. Akılları karışık, yalnız ve içten içe huzursuzlar doğal olarak...

Babamın öğrettiği otokontrol sistemimi çalıştırıp vardım yanlarına. Hepsi aynı anda bana bakıp meraklı gözlerle tepeden tırnağa süzdüler beni.

Sanırım elimdeki not defterine ve uçlu kurşunkalemime bakıyorlardı biraz da...

"Hayırdır..." dedi bir tanesi. "Derse mi başlayacaksın hemen?"

Gülmek bana yakışıyor mu bilmiyorum ama birkaç gündür ilk kez gülmüştüm o an. Ellerindeki cep telefonlarına baktım ve "İnternette var zaten gideceğimiz yerlerin fotoğrafları, ben oralara bakarken düşünmeyi seviyorum..." dedim. Ama bir an için onları bozduğumu hissederek durumu toparlamaya çalıştım:

"Sizinkinden pek farkı yok yani yaptığım şeyin... İkisi de bir köşeye anı biriktirmek işte..."

Fotoğrafa ilgim yoktu pek. Daha doğrusu telefon fotoğrafçılığını sevmiyordum. Herkesin görebildiğini göstermek heyecan verici değildi benim açımdan. İlk kez gittiğim yerlerin fotoğraflarından ziyade, bana hissettirdiklerini bir kenara not düşüp biriktirmeyi seviyordum ben. Hayatın tatlı ve farklı köşelerini keşfetmeyi seviyordum. Mümkün mertebe yazacaktım bugün...

İstanbul'la ilgili ilk izlenimim, ilk hislerimi kaydedecektim... Elbette yazmam gerekiyordu çünkü insan bir süre sonra alışıyor. Alışınca ilk hisleri yok olup gidiyor. Bir daha hatırlamıyor bile. Her gün gidip gördüğü yerleri ezber ediyor, ezberinin körlüğüne kapılıyor bir zaman sonra.

Hayatın, olabildiğince amatör ruhla yaşandığında daha güzel bir tebessümle bize bakacağını düşünüyorum. Neden fotoğraf makinesi değil de not defteri taşıdığımın bir açıklaması daha var tabii.

Mesela siz doğmadan önce vefat eden bir yakınınızın fotoğrafını mı görmek istersiniz yoksa tuttuğu günlüğü mü okumak istersiniz? Tabii ki onun düşüncelerini daha çok merak edersiniz ama değil mi?

İdolünüzü düşünün mesela... İhtiyacınız olan şey onun fotoğrafı mı yoksa düşünceleri ve hayat tavsiyeleri mi?

Nasıl oldu her şeyin tanımını suretinde arar olduk anlamıyorum. Güzel bir ev gördüğünde neden herkesin kafasının içinden evin kaç para ettiği düşüncesi geçiyor? Neden kimse evin penceresindeki sardunyalara bakmıyor, ahşap kapının üzerindeki pirinç tokmakla ilgilenmiyor?

Cevabı çok da kolay verilebilecek sorular değil bunlar sanki...

Neyse... Fatih'ten Eminönü'ne yerçekiminin de desteğiyle yokuştan rahatlıkla inerken, kızların yakınmaya başladıklarını işittim.

"Bunun akşamı da var, yorgun halimizle nasıl geri dönüp çıkacağız bu yokuşu?"

Yokuş aşağı inerken herkesin keyfi yerinde ama dönüşte çıkarken yakarışa dönüşecek iş... Oysa yol aynı yol... Hayatın insana mesafesi, aynı mesafe... Yokuşa nereden baktığın önemli tabii... Yukarıdan mı, aşağıdan mı? Ona göre hayatın kimi sevip sevmediğine karar veriyoruz...

İnsan psikolojisi sahiden de çok tuhaf... En küçük bir zorluk karşısında isyan etmeye hazır hemen. Bahaneleri de çok... Karşıma yokuş çıktı hayat beni sevmiyor, ayağıma taş değdi hayat benden vazgeçti, yolu kaybettim, kaderim yanlış yazılmış... Sonu yok ki bu şikâyetlerin... Unutmuşuz yolun maksadının bir yere varmak olduğunu... Yol üzerindeki her şeyle meşgul bu insanoğlu. Herkes kaderiyle kavgalı bir şekilde... "Şükür..." diyen yok gibi...

İnsan yolunu sevmeli bana göre. Gülün hatırına dikenini de sevmeli... Ne demişti şair:

> *"Çekemezsen gülün nazını ne dikene dokun ne gülü incit*
>
> *Cesaretin yoksa sahrada Mecnun olmaya ne Leyla'yı çağır ne çölü incit..."*

Bu çağda olsan da anlatsan şimdi Yunus Emre... Sen anlatsan da biz dinlesek...

Yine dalıp gitmiştim işte düşüncelere. Yürüyerek Eminönü'ne varmıştık sonunda. Ne kadar eski bir dokusu vardı öyle... Çok etkilenmiştim. Akşam odama gidince buraların tarihini okumak istedim.

Bana yeni bir kader yazmaya çalıştığının farkında bile değildim bu yaşlı ama gösterişli, güzel şehrin. Az önce size odamdan dışarıya bakarken gökyüzündeki tek eksik şeyin bir uçurtma olduğunu söylemiştim ya, meğer gezinti için değil, o eksik uçurtmayı bulmak için çıkmışım dışarıya...

***

Eminönü'nün kalabalık ve dar sokaklarında bir tur attıktan sonra balık ekmek keyfine gelmişti sıra, sonra da çay içebileceğimiz huzurlu bir mekân bulmalıydık. Yurdumuza da yakın bir kitap kafe önerisi gelince günü orada noktalarız diye düşünüp yola koyulduk.

Tam aradığımız yerdi, mis gibiydi demli çayları... Nasıl da iyi gelirdi şimdi... Babam olsaydı kendi demlerdi. Sahafta koca semaverimiz hep taze, hep fokur fokurdu... Çay sevmeyen bile en az iki bardak içer öyle giderdi.

Çok sevimli bir kafeydi burası. İstanbul'da duygunun kaybolmadığı mekânlar görmeye devam etmek beni şaşırtıyordu. Her taraf kitap dolu... Babamın dükkânındaydım sanki... Konya'daki evim peşimden koşmuş da İstanbul'a gelmiş gibiydi...

Bizi unutmayın diye fısıldıyor kitaplar. Belki bağırmak istiyorlar ama bozulmaktan, yitip gitmekten korkuyorlar. Kitaplar korkar mı? Sadece insanlardan. Korku ancak bizde var. Sevmekten, ölmekten, beğenilmemekten korkuyoruz.

Kendimize bahçede güzel bir köşe bulup oturduk. Hemen yanımızda taş plak çalan bir gramofon vardı. Çevredeki eşyaların sakinliği insana sirayet edermiş. Belki de günümüzdeki insanların depresif hallerinin sebeplerinden biri de, işe yarayan yaramayan dünya kadar şeyi eve tıkamalarıdır diye düşündüm.

Kitapların aralarına serpiştirilmiş eski dikiş makineleri, posterler, radyo ve televizyonlar, çevirene kadar hangi sayıda kaldığınızı unuttuğunuz çevirmeli ve manyetolu telefonlar, sevdiğiniz bir yazarın pek bulamayacağınız sayfaları sararmış eski bir kitabı...

Kızlardan biri telefonunu alıp tuşlamaya başladı.

"Çevir çevir..." dedi yanındaki. "Ben de bizimkileri çevireyim."

Başladım gülmeye içten içe... Numaraları tuşladıkları halde dillerine yapışıp kalmış "çevirmek" kelimesi... Halbuki çevirmeli telefonlara bile yetmezdi yaşlarımız ama aileden gelen bir dil alışkanlığı işte. Bir numarayı dairenin etrafında döndürüp sonra geri dönmesini beklemek, arkasından ikinci numarayı döndürüp yine bekleyişe geçmek... Sahiden de insanın hafızasından da, hücrelerinden de kolay silinmeyecek bir tecrübe... Bizim sahafta da vardı bu model telefonlardan bir tane.

Aklım yine bir dolu şeyle meşgulken kızların benimle ilgilenmesine şaşırdım. Yine uzun süreler susmuştum sanırım.

"Konuşmuyorsun hiç" dedi bir tanesi.

"Rica ederim..." dedim. "Dinliyorum sizi."

Sahiden de mümkün olduğunca dinlemeye gayret ettim bu kez. Televizyondaki magazin programlarından, ünlülerin hangi semtlerde dolaşıp nerelerde yaşadıklarından, indirimli mağazalardan, ünlü markalardan, hangi markanın kıyafetlerinin daha gösterişli, hangisinin daha vasat göründüğünden söz edip durdular bir süre. Sonra bu markaların ürünlerini bire bir taklit edebilen küçük mağazalar varmış, oraları keşfetmek gerekiyormuş. İnternette forumlarda varmış listeleri.

Sonrasını gerçekten hatırlamıyorum. Olabildiğince ilgilenmeye çalışıyorum ayak uydurmak için ama konuşulanlar alışıldık şeyler değildi benim için. Zorlanıyordum yani ne yalan söyleyeyim... Yine de gönülleri olsun diye konuyla ilgilenmeye çalıştım. Müsamaha göstermek kelimesi üzerine çok konuşmuştuk babamla.

Bunları söylerken burnu havada bir kız gibi görünmek de istemiyorum. Sakinliğe, sükûnete meyilli bir yapım var sadece. Huy işte... Tabii ki güler eğlenirim ama insan sorgulamaya başlayınca, ben neden varım sorusunu samimi şekilde bir kez sorunca, amaçsız hareketlerini azaltıyor ister istemez.

İnsan konuşamadığı ortamlarda düşünmeye başlarmış. Açıkçası pek mümkün de değil düşünmemek. Bir deneyin mesela, küçük bir ara verin hikâyeme ve hiçbir şey düşünmeden durun birkaç dakika. Düşünmemeye çalıştıkça düşüncelerin yakanızı bırakmayacağını göreceksiniz. Zihin durmaz çünkü, hep üretir, düşünür, tartışır, muhakeme eder, örüntüler kurar. Madem sürekli düşünüyoruz o halde güzel şeyler düşünmeyi seçmeliyiz ama değil mi? İnsanın zihnini başıboş bırakması, lüzumsuz şeyler düşünmesi bana büyük haksızlıkmış gibi geliyor.

Bir keresinde Esra anlatmıştı, Japon bilimadamı Masaru Emoto olumlu güzel sözlerin suyun kristallerini değiştirdiğini tespit etmiş. Hülasa, güzel düşüncelerle su değişiyorsa, içi dışı su dolu bir insan güzel düşüncelerle nasıl değişmesin?

***

Oturduğumuz masanın yanında boydan boya ahşaptan yapılmış bir çiçeklik vardı. Hasbelkader, muhtemelen bizden önce oturanların düşürdüğünü tahmin ettiğim birkaç sayfa kâğıt gördüm. Alıp almamak konusunda tereddüt ettim önce, sonra eğilip aldım, masanın üzerine koydum. Sayfalar önlü arkalı yazıyla doluydu. Kime ait olduklarını bilmiyordum...

Gözucuyla etrafa bakındım ama kimse hareketlenmedi kâğıtları görünce. Kızların sohbeti de giderek daha sıkıcı bir hal almaya başlayınca, kendimi ne kadar suçlu hissetsem de bulduğum kâğıtlara hızlıca göz attım:

> *"Saniyeler bir bir geçiyor ömrümüzden. Bu saniyelerin birçoğunu hiçbir şey yapmamakla, geri kalanını da yapmamız gereken şeyler dışındakileri yaparak geçiriyoruz. Sesimi duyan kimse yok mu?*
>
> *Her gün bir parça daha öldüğünün farkına varan, biraz daha bir şeyleri bilmeyi kaçırdığını hisseden... Halinin farkında olan, halimi anlatmadan bilen kimse yok mu?*
>
> *Sevdiği yemeği dibine kadar sıyıran insanlar hayatlarındaki sorumluluklarını neden bu kadar ciddiye almazlar? Neden geçecek her şeyin azamisini isteriz de, kalıcı bir hakikatin asgarisiyle yetiniriz?*
>
> *Saniyede 50 milyon hücremiz ölüp tekrar yenileri doğarken nasıl olur da insan değişemiyorum, düzelemiyorum deyip de bu dünya peşinden koşar anlamıyorum.*
>
> *Yürürken su birikintisine basmamaya, karşıya geçerken ışıklara, yazarken kalemin ne kadar ucu kaldığına, demlikteki çayın misafirlere yetip yetmeyeceğine, mağazaların indirim günlerini kaçırmamaya dikkat ettiğimiz kadar, ruhun hakikatine, sabra, sebebe, sonuca, derde, Yaradan'a, düzene, kâinata neden özenmiyoruz?*

Benimle dünyanın derdini değil, seni konuşabilecek bir arkadaş gönder bana Allahım. Sabır yorulur mu hiç? Yorulduğumu hissediyorum."

Biri beni bana yazmıştı sanki. Kendim yazmaya kalkışsam ancak böyle tarif edebilirdim hislerimi. Ne kadar yakın, ne kadar derinlikli gelmişti bana bu satırlar. Ancak masada kızların yanında kendimi başka işle fazlasıyla meşgul edecek kadar rahat değildim. Katlayıp kaldırdım kâğıtları masadan. Hesabı ödeyip kalktık sonra. Kâğıtlar elimdeydi hâlâ... Nereye bırakacağımı, kime emanet edeceğimi bilemedim. Açıkçası okumaya devam etmek de istiyordum. Kimseye bırakmadım.

Nasılsa ertesi gün gelir, aynı yere geri bırakırdım ya da kasaya izah eder durumu açıklardım. Bende kalmazlardı. Zaten şu satırları yazabilen birinin, içinden geçenleri bir başkasına bir günlüğüne ödünç bırakmaktan yana derdi olamazmış gibi geldi bana.

Doğruca yurda döndüm kızlarla. Yorgun olduğumu söyleyip ayrıldım yanlarından. Odamın ışığını söndürüp masa lambamın ışığını tavana doğru çevirdim. Kaynağı kayıp, halinden memnun loş bir ışık sardı odamı. Kafede bulduğum notları okumak istiyordum bir an evvel... Ancak bunu keyifle, tadını çıkararak yapacaktım tabii...

Müzik listem sanki ne okuyacağımı biliyormuş gibi sıradaki şarkıyı "Khooneye Ma" olarak seçmişti. Attım kendimi meçhul bir yazarın duygu dolu satırlarının arasına...

"Ve sen, bulunmayı hiç istemeyen kadın... Hangi kitabın içindesin ki okumakla yoluma çıkmıyorsun? Yoksa hiç durmadan bir kitaptan ötekine mi geçiyorsun? Saklandığın satır

aralarında birlikte büyüyemez miyiz seninle? Yok mudur iki kelime edebileceğimiz bir boşluk? Elbet bir satır arası vardır sıkışıp yaşayacak kadar.

Şairler kitaplarında bizim gibi sevenlere boş sayfalar bırakırlar. O boşluklara yazarız mesela birbirimizi. İnsanlardan uzak ne için geldiysek bu dünyaya, O'nun için yaşamak duasıyla bir ömür yazarız artık hayatın müsaade ettiği satır sayısı kadar. Allahım dünya için değil, senin için yaşayan bir kelime gönder de tamamlansın şu cümle.

Seni Allah için seviyorum...

Gücüm seni bulmaya yetmiyor. Seni bulma çabam hayatla ilgili planlar yapmama izin vermiyor. Sonra bir gün bir kitabın içinde gördüm seni... Orada durup kaldım. İçimin zillerine basıp kaçıyor mahallenin çocukları... Belki bir ömür açılmayacak gönül kapım kimseye..."

Sanki bütün bunları ben yazmışım da kaybettiğim kâğıtları şimdi bulmuşum gibi... Kim beni bana böylesine yakın, böylesine gerçek anlatabilirdi ki? Beni kim benden daha fazla bilebilirdi? Rüya mı gerçek mi, uykuda mıyım uyanık mı? Bilmiyorum...

Anlamaya çalışmakla vakit kaybetmeden okumaya devam ettim.

"Bugün pazar ve mutfağıma karargâh kuran karıncaların hiçbirini bugün de öldüremedim. Mutfak duvarımın içine şehir kurduklarını düşünüyorum. Kıyamıyorum onlara zarar vermeye. Dokunamadığım bir sevgi besliyorum kalbimde. Ama bu sevgimin kime olduğunu bilmıyorum, bu yüzden eve sevdikleriyle gelmiş olanlara dokunamıyorum.

Bugün biraz dolaştım İstanbul'da. Kanımda yol var ne de olsa... Benim gezmem alt sokaktaki kahvenin müdavimi boyacı Şahin Amca bir çift ayakkabıyı boyamayı bitiremeden sahili turlayıp eve gelmek kadar işte.

'Çok yürüyorsun...' dedi ayakkabılarımı görünce. 'Ne güzel işte...' dedi. 'İyileşirsin...' Yürümekle iyileşmek arasında bağ kuran tek insandı. Beni anladığını düşünüp sustum. Anlayan biriyle karşı karşıya olduğunda sözlerin arkasına sığınmak zorunda kalmıyor insan...

Annemin babası dedem bana bir günlük bırakmıştı, pazar sabahları kahvaltıdan sonra edindiğim huydur bugün de okudum. O zamanlar askerlik üç seneymiş. Severmişsin, askere gidermişsin, dönebilirsen evlenirmişsin. Dedem denizaltında erlik yapmış, şehit olmaktan değil de toprağa gömülememekten korkarmış. Anneannem üç sene beklemiş arkasından. Kulaktan dolma bir haber, tek satır mektup bile alamadan tam üç sene beklemiş.

Dedemin anneanneme yazıp da yollayamadığı mektuplar da var günlüğün içinde. Okudum birkaç tanesini... Nasıl güzel, tertemiz ve güçlü...

Belli ki o zamanlar sevgilerin içinde edep varmış. O zaman sevmelere sahip çıkılırmış. Görmeden, duymadan, haber bile almadan tutulurmuş verilen sözler. Şimdiki gibi gidenin boşluğu o gittiği gibi hemen doldurulmazmış. Sevmek demek, yan yana gömüleceğin kişiyi de seçmek demekmiş.

Kurulacak çok güzel cümlelerim yok aslında dünyaya, dedemin anılarından başka. Bir gün, yani ayrılacağım o gün biraz kırgın gideceğim bu dünyadan. Yağmuru, yağmurdan önce ve sonraki toprak kokusunu, demini almış harmanlı çayı özleyeceğim. Belki bir de kimseye anlatamadıklarımı ve kâğıtlara döktüğüm şiirlerimi.

Ve gittiğim zaman artık kıvrılıp yokuş yukarı çıkan bir yolun yamacından bakacağım Karadeniz'e ve denizin oğulları iskeleye yosun tutmuş halatlarla bağlı sürekli gıcırdayan kürekli kayıklara. Bağıracağım sesimi duysun diye denizler ve dağlar. Size söz veriyorum bekleyeceğim, dedemden öğrendiğim gibi sabırla bekleyeceğim..."

Kafam ciddi olarak karışmıştı. Ancak çok duygulu bir kadının kaleminden çıkabilecek kadar incelikli sözcükler içeren bu yazı neden bir kadına seslenir gibi yazılmıştı? Bir erkek bu satırları yazabilir miydi?

Nasıl olur da mutfağa yığılan karıncalar böylesine duygulu tasvir edilirdi? Bir kadına duyulan aşk nasıl böyle güzel anlatılabilirdi? Eski bir aşk böylesine etkili hissettirilebilir miydi?

Daha önce hiç çok güzel bir rüyanın içinde uyuyakalmak istediğiniz oldu mu? Bu kâğıtları okurken tam da hissettiğim buydu. Dünyadan çok daha güzeldi okuduğum bu satırlar. Tam ortasında olmasa da kıyısında köşesinde uyansam olmaz mıydı?

***

Güneşin usul usul dünyayı saran ışıkları gözlerimi aralamaya çalışıyor. Masa lambasının açık kalmış ışığı hoş bir renk katmış odaya. Arada gündüzleri de açık tutabileceğimi düşündüm. Dün gece okuduğum duygu dolu yazılar başımın altında kalmış uyurken.

Elimi yüzümü yıkadıktan sonra kaldığım yerden okumaya devam ettim. Daha bir dolu okunmayı bekleyen sayfa olsun isterdim ama bir sayfa vardı sadece okunmamış... Hüzünlendim görünce... Nasıl da isterdim kitap kadar uzun bir yola çıkmayı bu satırlarla birlikte...

Bir yanım buruk, diğer yanım heyecan içinde başladım okumaya:

"Gece bembeyaz ve birazdan kalemle buluşacak birkaç sayfa elimde, hüzün pencerede gözyaşına hazır, sen hüzne hazırsın, halin birbirine kavuşamayan yıldızlara benzer, vuslat uzak aydınlığa, bir yanık kokusu, az evvel yaktığın kâğıtları söndürüyorsun gözlerinle ve tanıdık bir ses gerek diyorsun, beni anlayan...

Bakıyorsun öylece, ne ses var tanıdık ne bir kulak, şahit olduklarını dinleyecek. Kalem gözlerini kısıp sana bakıyor. Anlatmıyorsun, anladığı kadarını kâğıtlara yazıyor.

Yağmur mu o, evet yağmur. Gerçi bize her an hep yağmur... Yanlış topraklara ekilmiş bir çınarın yaşamak için iki şansı vardır sadece değil mi? Ya kökleri sızlasa da bulunduğu yanlış toprağa alışacak ya da o toprağını değiştirip ihtiyacı olan doğru toprağa dönüştürecek köklerini emanet ettiği yeri...

İşte o çınarın acısını yaşıyorum sanki içimde. Gövdem de sancılar içinde zihnim de. Bir gün benim de başım değer belki bulutlara, belki toprağın altında çürür gider köklerim, bilemem... O gün geldiğinde bulutlara değecek kadar büyüyeceğim ve küçük çocukların gövdeme sarılmasına izin vereceğim..."

Sanki yeryüzü kâğıttı, denizler de mürekkep ve dünyanın en güzel seven insanları bir araya gelip yazmıştı bu satırları... Koca bir hayatı birkaç satırda sığdırabiliyordu insanın içine... Okudukça okumak geliyordu içimden ama bitti. Tadı damağımda kalmıştı. Dilek tutmaktan ziyade dua etmeyi tercih eden bir yüreğin satırlarıydı bunlar muhtemelen. Zira ancak böylesi bir gönül tecrübesinden geçmiş birinin duygusuyla ve zekâsıyla yazılmış gibiydi.

Babamın cümlelerine hissettiğim yakınlığı hissetmiştim bu satırlarda. Çünkü bize kulağımıza değil gönlümüze girecek sözler lazımdı. Ve okuduğum bu sözler gönlümdeki birçok eksik yeri tamamlamıştı.

***

Okul alışverişinden sonra bir çay içip soluklanmak düşüncesiyle yine kızlarla kitap kafeye gidip oturduk. Kızlardan birinin kuzeni İstanbul'da yaşıyormuş. Bir iki arkadaş daha misafir olmuştu masamıza kuzenin davetlisi olarak. Kalabalık ama keyifli bir gruptuk. Bu mekânın kitap okuyup ders çalışmak için ideal olduğundan söz etti yeni arkadaşlar. Dilersek okuma gruplarına da katılabilir, okuldaki kitap kulübü toplantılarını buraya da taşıyabilirmişiz.

Duyunca çok sevindim, açıkçası heyecanlandım da. Bu tatlı daveti de alınca kabul etmiştim hemen, belki bir edebiyat kulübüne katılır ya da bir okuma grubu bulurdum.

Kızlarla okuldaki edebiyat kulübüyle, sosyal medya üzerinden toplayacağımız okuma gruplarını kafede nasıl bir araya getirebileceğimizi konuşurken, masamızdaki kalabalık gruptan birinin bir şeyler aradığını fark ettim. "Mustafa Ağabey'e sorayım ben..." dedi. "Belki bulmuşlardır."

Bunun üzerine "Hayırdır..." dedi kızlardan biri. "Ne arıyorsunuz?"

"Yok bir şey, dün ders notlarını unutmuş bir arkadaş da... Onu soruyor..."

Masamızdaki yeni çocuk kalkıp mekânın garsonlarıyla, işletmecisiyle konuşup geri döndü. Sanırım gruptan birinin arkadaşı olarak aramıza en son katılan genç, bir şeylerini kaybetmişti burada. Birilerine tarif edip durdular ama bir şey çıkmamıştı.

"Bulamadılar..." dedi çocuk geri döndüğünde. "Temizlikçiler toplayıp atmıştır."

Canı sıkılmış gibiydi ama belli etmemeye de çalışıyordu.

"Önemli miydi?" diye sordu kız. "Ders notlarını başkasından da alabilirsin sonuçta..."

"Ders notlarım değildi aslında..." dedi genç. "Yazılarım vardı... Birtakım karalamalar, çalışmalar işte..."

"Senin şu meşhur şiirler mi yoksa?"

"Meşhur mu benim şiirlerim?"

Nasıl da suçlu hissediyordum kendimi, notları yanıma alıp yurda götürmemin, hepsini satır satır okumuş olmamın haklı bir açıklaması olamazdı. En iyisi hiçbir şey söylememek diye düşünüp sustum ama gel gör ki içimdeki ses giderek yükseliyor, baskı yapıyordu bana.

"Dürüst ol, yaptığın şeyi itiraf et... Emaneti sahibine ver."

Evet babam görse beni aynı şeyi söylerdi: "Emaneti sahibine ver güzel kızım."

Birazdan ortaya dökülecek suçumu şimdilik herkesten gizlemeye çalışarak çantamdan çıkardım kâğıtları.

"Acaba bunlar olabilir mi?" diye sordum. Çok sessiz olmaya çalıştım, yalnızca kâğıtların sahibinin duyacağı ses tonuyla konuşmaya çalıştım. "Dün şu masanın altında buldum. Önemlidir diye aldım yanıma, bugün bırakacaktım zaten kafeye..."

Kâğıtları eline alıp "Evet, evet bunlar..." dedi genç adam ve hemen ikiye katlayıp çantasına koydu hızlıca. Hem mutlu ve hem mahcup gibiydi nedense. "Çok teşekkür ederim" dedi.

"Rica ederim..." dedim. "Kusura bakmayın. Ne yapacağımı bilemediğim için aldım yanıma... Çöpe atmalarından korktum. Önemli olabileceğini hissettim sanırım."

"Umarım okumadınız?" dedi.

İlki yetmiyormuş gibi şimdi yeni bir utanç dalgası daha sarmıştı beni. Çok mahcuptum bu gence karşı. Ama hayatım boyunca babam şartlar ne olursa olsun, bedeli neye mal olacaksa olsun, her zaman işin doğrusunu söylemeyi tembihlemişti bana. Tanımadığım bir gencin karşısında mahcup düşmemek için babamın üzerimdeki emeklerini heba edemezdim.

"Okudum..." dedim açık yüreklilikle. "Hatta anlayarak okudum."

Beni suçlamasını hatta belki ayıp ettiğimi ima edecek sözler söylemesini bekledim ama öyle olmadı. Yüzündeki şaşkınlık ifadesi artmıştı. Az önce biraz utangaç ve umursamaz gibi görünürken şimdi sadece gözlerime bakıyordu.

Sonra bakışlarını yere indirip düşündü biraz. Sonra yine yüzüme bakıp inanmıyor gibi salladı başını. Etrafı sarılmış, kaçacak yeri kalmadığı için mecburen teslim olmak zorunda kalmış bir suçluya dönüşmüştü bu kez. Dışarıya bakıp "Hava çok güzel" dedi durup dururken.

"Anlamadım?"

"Hava diyorum... Çok güzel bugün."

"Hah evet hava!" diyerek ben de başımı çevirdim dışarıya. "Çok güzel evet... Gökyüzünde eksik olan tek şey bir uçurtma..."

"Uçurtma mı?" diye sordu şaşırmış gibi.

"Aslında benim bir uçurtmam var ama gökyüzünde değil..." Biraz sessiz kalıp bekledikten sonra devam etti:

"Yani şu an değil evet... Evde... Daha doğrusu tavan arasında bir kolinin içinde olduğunu düşünüyorum. Üç dört yıl olmuştur herhalde, hiç elimi bile sürmedim."

Çocuğu birkaç dakikadır görüyordum ama uçurtmalar zaafımdı benim tabii, duyunca dayanamadım. "Uçurtma çatı arasına konur mu hiç?" dedim gayriihtiyari. "Bence bu akşam çıkar onu o korkunç karanlıktan. Yıka, temizle, sonra da alnından öp. Özür dile ondan. İnşallah büyümeye direnen o çocuk yüreğini kaybetmemiştir."

"Anlamadım?" dedi, şaşkınlığı üzerindeydi hâlâ. "Uçurtmadan özür mü dileyeceğim yani?"

"Senin hiç ellerini ayaklarını bağladılar mı?" diye sordum. "Özgürlüğünü, sevdiklerini aldılar mı elinden? Ya bir gün en kıymetlin çekip giderse ne olacak? Koskoca dünyada esir gibi hissetmez misin kendini? Dünya kocaman açık bir cezaevine dönüşmez mi? Güneşe rağmen karanlıkta kalmaz mısın?

Uçurtmanın da bir sevgilisi, ait olduğu bir yer, bir vatan var... Gökyüzü... Ama senin uçurtman dört yıldır bir tavan arasında, karanlığın içinde, sürgünde... Nasıl mutlu olabilir ki? Uçurtman bir yerlerde mutsuzken sen hayatın içinde nasıl mutlu olabilirsin ki? Olamazsın... Karanlık korkutucudur. Ben de çok korkarım karanlıktan. Uçurtman da korkuyor olabilir. Uçurtmaları çok severim ben lütfen bu akşam çıkar onu oradan."

Belki fazla konuşmuştum ama konu uçurtma olunca tutamadım kendimi. Uçurtmalar hassas noktamdır benim... Yaşamın devamlılığı gibidir... Gelecek güzel günler, umutlu yarınlar, kavuşmalar, kutlamalar hep uçurtmayla can bulur gökyüzünde. Sahi, bir uçurtma kaç çocuğun hayallerini taşıyabilir üzerinde?

Fark ettiniz mi, uçurtmalar gökyüzünden eksildikçe çocuk sayısı da azalıyor sokaklarda.

Çocukların esaret altında yaşadığını düşünüyorum artık. Güvende olsunlar diye evlerinin içinde tutuklular... Bir uçurtmaları bile yok, yüzlerini gökyüzüne çevirmiyorlar hiç, pır pır atmıyor kalpleri heyecandan...

Ayrıca bir sevda hikâyesidir uçurtma ile gökyüzünün aşkı. Leyla ile Mecnun gibi... Biz de bu dünyaya bir sevda hikâyesi yazmaya gelmedik mi? Güzel izler bırakmaya gelmedik mi kendi gökyüzümüzde?

Bir uçurtmanın gökyüzüne gitmekten başka ne hedefi olabilir? Ve bir insanın dünyayı anlamaktan, Allah'a kendini sevdirmekten başka ne gayesi olabilir? Şimdi ise iyilikten çok uzak insanlar. Dünya kadar adam, dünya kadar hediye alıyor da hiçbir adam kendi elleriyle yaptığı bir uçurtmayı vermiyor sevdiğine.

İnsan bu devirde hâlâ inatla uçurtma uçurabilen birine âşık olmak istiyor. İşte kafedeki bu karşılaşmaya kadar ne âşık olabilmiştim hayatta, ne de uçurtma...

***

"Söz..." dedi bana yumuşacık bir ifadeyle. "Bu akşam çıkaracağım uçurtmamı tavan arasından."

"Sadece ona değil, kendine de büyük iyilik etmiş olacaksın."

"Öğrenci misin?" diye sordu. Sohbetimizin devam etmesini istediğini hissettim. Henüz ismini bile bilmediğim biriyle konuşmak çok iyi hissettirmemeliydi belki ama geldiğimden beri ilk kez insana dair bir şeyler konuşabileceğim sıcak bir sohbetin içinde bulmuştum kendimi.

"Öğrenciyim..." dedim. "Yeni geldim İstanbul'a... Değişim programıyla. Sınıf öğretmenliği, birinci sınıfı bitirdim, ikinci sınıfa burada devam edeceğim."

"Nereden geldin?"

"Konya'dan."

"Konya..." diye tekrarladı düşünceli bir tavırla. "Daha önce hiç gitmedim."

Z"Akrabam da yok benim orada."

"Öyle çağrılma değil, ya Mevlana çağırır ya Şems... Sen ne yapıyorsun buralarda?"

"Ben de öğrenciyim. İstanbul Teknik Üniversitesi ikinci sınıftayım. Gemi inşaat mühendisliği..."

"Yazmayı da seviyorsun belli ki?"

"Sormayı ve düşünmeyi seviyorum daha çok..." dedi. "Cevabını aradığım sorular yazdırıyor bana... Yazmak, bir tür arayış ve sorgulayış benim için..."

"Ağaçlar suyun geldiği tarafa uzatır köklerini..." demişti babam. "Daha fazla su almak, daha çok büyümek ve meyve verebilmek için... İnsanın da suyu muhabbettir... Çünkü hiçbir şey derin bir muhabbet kadar ulaşamıyor insanın köklerine... İnsanın derdi dışarıda değil, içeride bir yerlerde. Bu yüzden dermanı da muhabbet, hem de iyi bir muhabbet..."

Bu kadar kötülükle dolu bir dünyada nefes alan insanlara güvenesin gelmiyor açıkçası. Hele böyle bir devirde iki cümle doğru konuşan insan görünce altından ne çıkacak bakalım, acaba neden benimle iyi geçinmeye çalışıyor diyorsun.

İnsanlardan hiçbir şey beklemeyenler neden daha mutludur sanıyorsunuz? Çünkü hiç hayal kırıklığına uğramazlar.

Hayal kırıklığına uğramak istemiyordum ama okuduğum kitaplarda yazılan güzel insanlardan biri karşımda duruyor gibiydi. Bir an için kendime sordum kitaplarda güzel duran adamlar, gerçek hayatta da bir kızın karşısına çıkar mıydı?

***

İstanbul'a alışmıştım zamanla, kaldığım yurda da okuluma da... Çok da yabancılık hissetmiyordum artık. İyi kötü bir düzene oturmuştu hayatım. Etrafımda da bir iki kafa dengi arkadaşım vardı, yetiyordu bana. Bazen edebiyat kulübünde projelere katılır, bazen okuma grubunda kitapları konuşurduk.

Okul dışında da çoğunlukla kitap kafede bir araya geliyorduk. Ya ders çalışıp kitap okurduk, ya da çay kahve içer muhabbet ederdik. Herkes zaman içinde birbirine alıştıkça daha üretken ve keyifli bir gruba dönüştük. Kimseden yana bir şikâyetim yoktu. Yaptığımız işlerden de çok memnundum.

Seyyah kafede denk geldiğimizde yanında yazdıkları varsa benimle paylaşır yorumumu merak ederdi. Bir dergide bazen yazıları yayımlanıyormuş. Birlikte seçiyorduk çoğunlukla hangisini teslim etmesi gerektiğini.

Bu arada ben ona Seyyah o bana Fesleğen derdi. Bu isimlerin nerden çıktığını anlatacağım merak etmeyin.

Samimi, dürüst, yetenekli bir gençti... Onunla biraz vakit geçirdiğinizde "Bu çocuktan kimseye zarar gelemez" diyeceğiniz biriydi. Kendimi üretken hissediyordum onunla. Babam gibi çalışkan biriydi. Bir gencin taşıyamayacağı hayalleri vardı, nerden gelirlerdi aklına hiç bilmezdim.

Beni harekete geçiriyor, motive ediyor, destekliyordu her konuda.

Yine bizim kitap kafede oturuyorduk bir gün. Havalar epey serinlemeye başlamıştı artık. Serin yağmurlar düşüyordu İstanbul'a... Geldiğim günlerdekinden daha gri, daha ışıksız ve daha kalabalıktı sanki şehir. Dışarıda yağmur atıştırmaya başlamıştı. Bizim kızlar toplantıya gelmemişlerdi henüz. Seyyah'la çay içip tost yiyorduk...

Tam tepemizde sallanan içi boş bir kuş kafesine ilişti gözüm. İçimden bir şeyler geçirdiğimi hissetmiş gibi "Benim de ahşap bir kafesim vardı..." dedi Seyyah. "Aslında kafes hâlâ duruyor da, Özgür yok artık. Çok akıllı bir kuştu... Neler yaptığını görmeni isterdim."

"Özgür müydü adı?" dedim. Değerlerimde, düşüncelerimde, dünya görüşümde ve yaşam biçimimde fazlasıyla önemsediğim kavramlarım vardı benim ki Seyyah bunları ustalıkla bulup çıkarıyordu yerlerinden. Ona duyduğum hayranlık daha da artıyordu böylece. "Özgürlük çok kıymetli bir kelime" diye devam ettim.

"Gökyüzünü hatırlatır bana. Babam martılara değil gökyüzüne âşık ol derdi. Martılar gelir giderler, ama gökyüzü hep oradadır. Babamdan kalmadır benim gökyüzüne olan aşkım."

"Babandan çok şey öğrenmişsin" dedi Seyyah ve çantasından gökyüzüne yazdığı bir yazıyı bulup çıkardı... Başladı güven veren sesiyle okumaya:

"Sevgili Gökyüzü.

Gerçekten de iyi insanların hepsi atlarına binip gittiler mi? Kalmadı mı bize arkamızı kollamadan konuşmak? Eskiden ekerdin, biri gelir sulardı. Şimdi ekiyorsun yağmurunu bile kıskanıyorlar. Arkamızda görüyorlar yüzümüzü, kimse arkamızı dönmeden ağzını açmıyor.

Gülen yüzler görüyorum kime baksam, peki bu dünyaya nefreti kim öğretti? İşte onlar yüzümüze gülüp arkamızı dönmemizi bekleyenlerdi. Bizi yukarıda görmeyedursunlar, paçalarımıza sarılıyorlar hemen. Kimler? Hem de en sevdiklerimiz. Evet, ilk onlar çekmeye çalışıyor bizi aşağıya. Çünkü onlar demli çay muhabbetlerinde bizi öğrenenler, samimi dertleşmelerde zayıf noktalarımızı ezber edenler. Hele bir onların önüne geç, nasıl alaşağı ediyorlar adamı. Birbirine kul olma peşinde herkes. Kul olmaya çalıştığın adamı yaratana kul olmaya çalışmak daha mantıklı değil mi?

Neden günde on iki saat yatıp kalkıp ona çalışıyorsun da on dakika kendini bilmeye vermiyorsun diyesim geliyor bazen ama diyemiyorum işte. Kime ne anlatacaksın?

Ve herkes beni ağaca çok iyi çıkar diye bilir. Bilmezler ki sarılmaya ihtiyacım var benim. Öyle güzellerdir ki. Sımsıkı sarıla sarıla çıkarım söğüde, benimle paylaştığı gölgeli kollarında dinlenir, öyle inerim. Ağaca sarılınır mı hiç diyor arkadaşlarım. Sanırım hayatı sorgulamayı sevmiyorlar, gelişine yaşıyorlar. İnsanları tanıdıkça birçok şeye sarılasım geliyor. Ve ikiyüzlü insanlardan başka birçok şeyi sevesim geliyor.

Anlıyor musun gökyüzü? Yoruluyorum insanların beni anlamalarını bekledikçe. Anlaşılmayı beklememeye karar vereli epey uzun zaman oldu. Bakın 250 senedir köyümüzde evimizin önündeki söğüt hâlâ orada, evet, hâlâ yaşıyor ve gölgesiyle bizleri de yaşatıyor. O gitmedi, siz neden gittiniz güzel insanlar?

Bakın gökyüzüne, maviliği diyor mu ben gidiyorum diye? Gökyüzünün maviliği gider mi hiç? Mavi gider mi? Ne yaparız gitse? Nasıl uçarız hayallerimizde yıllardır el bebek gül bebek biriktirdiğimiz kanatlarla? İyi insanlar gibi yapma olur mu gökyüzü? Sen gitme. Mavin gitmesin.

Yeşilin bir hatırası var bizde, mıh gibi saplanmış yüreğimize, yıllardır ağla ağla eritemedik onu. Sallayamadık o mıhı yerinden. Bir de mavinin hatırasını saplama şu adama. Olur mu gökyüzü? Sen gitme. İyi insanlar gibi sen de bizi koyup gitme. Çimenlere uzandığımda gözlerimle seni inceleyip güzel hatıralara benzettiğim bulutlarını da alıp gitme.

Bizi durulayan, temizleyen yağmuru alırsan, nasıl yazarız içimizde biriktirdiklerimizi akşamları? Lütfen yağmurumuza dokunma, olur mu?"

Bir umut işte, bekliyoruz o giden insanları. Gelirler mi? Yürüyerek gelirler belki. Çıkıp gelirler şuracığa. Adam görür yüzümüz, dost görür ve bu karanlık şehrin içimize biriktirdiklerini dökeriz. O an hissettiklerimi size nasıl aktaracağımı bilmiyorum. Belki de şiir dedikleri şey bu gibi durumlar için icat edilmiştir. Sanki bir çemberdi aşk ve ben tam ortasına düşmüştüm.

Her gece kendinizle yaptığınız konuşmaları ilk kez tanıştığınız birinin ağzından duysanız ne hissederdiniz? Bazen insan kendi hissettiklerinden bile emin olamazken, birinin sizi kâğıtlara yazdığına, üzerine bir de hayallerinizle, kelimelerle dans ettiğine şahit olsanız ne yapardınız?

Bir kız kendinden daha ince bir erkek görse ne hissederdi? Çocukken gökyüzünde en sevdiğim yıldıza isim vermiştim. Sanki yıllarca uzaklardan seslenip konuştuğum o yıldıza şimdi İstanbul'da kavuşmuştum...

Gamzelere sahip olanlar tebessüm ederken çoğu kez gamzeleri olduğunu hissetmezler. Sanki o gün gamzelerimi yeni keşfetmiş gibiydim. Okuduğu şeyler, sanki arkasına bir fon müzik gizlenmiş gibi, ince ince işlenmiş o kelimeler hayatım boyunca kıyıma vuran en güzel şeylerdi...

Birbirimiz hakkında pek bir şey konuşmuyorduk. Düşüncelerimiz, hislerimiz, fikirlerimiz çok kıymetliydi bizim için. İkimiz de görünmeyeni görmeye çalışıyorduk birbirimizde. Görünmeyeni görmeye başlıyorduk zamanla...

Okuması bittiğinde "Gitmelerden bahsediyorsun hep. Kötü anıların var sanırım?" dedim.

"Evet..." dedi.

"Hayırdır?"

"Babam."

"Nereye gitti?"

"Cennete."

***

Seyyah'ın yalnızlığını görüyordum mesela. Koca şehre sığdıramadığı geniş bir yalnızlığı vardı. Sosyal medya da kullanmıyordu benim gibi. Muhabbet etmek, paylaşacak ortak şeylere sahip olmak için değilse sonra sağda solda çekilmiş birtakım fotoğrafların tanımadığı insanlar üzerinde ne etkiler bırakacağıyla ilgilenmiyordu. Bu da ayrıca hayran bırakıyordu beni ona.

Güzel eller tarafından korunan, bataklıkların içinde tertemiz kalmayı başarmış bir inci gibiydi. Öyle güzel umutları vardı ki, sanki bütün insanlığın hakkı onda toplanmış gibiydi. Sanki herkes yitip gitmiş, bütün umutlar ona kalmış gibiydi.

Kalabalıklar arttıkça yalnızlıklar da artıyordu sanki. Çünkü kalabalıklaşmak muhabbeti değil yalanları, dostlukları değil düşmanlığı doğuruyordu. Babamdan sonra ilk kez biriyle muhabbet eder olmuştum. Konuşmak ve muhabbet aynı şey değildir benim için. Konuşmak, kelimelerin sese kavuşmuş halidir sadece. Muhabbetse kelimelerin gönle ulaşmasıdır.

Yalnız yaşıyordu Balat'ta. Zaten insanın tek sermayesi değil mi yalnızlık? Hep kalabalıklara kendimizi atmamız bundan değil mi? Fark ettiniz mi, kalabalıklar arttıkça yalnızlıklar da artıyor. Çünkü kalabalıklaşmak muhabbeti değil yalanları, dostlukları değil düşmanlığı doğuruyor.

O gün kızlar da dersten çıkıp geldiler yanımıza. Hepsi sırılsıklam... Karınlarını doyurup toplantıya oturdular hemen. Edebiyat kulübünün dağıttığı etkinlik programını inceledik planlar yaptık. Sonra Seyyah'ın getirdiği yeni yazıları okuyup fikirlerimi söyledim. Akşamüzeri işlerimiz bittiğinde hep birlikte otururken babamla oynadığımız bir oyun geldi aklıma.

"O zaman bir kelime alayım..." dedim.

"Nasıl yani?" diye sordu Seyyah.

"Bir kelime söyle işte..." dedim.

"Muhabbet..." dedi.

"Muhabbet, Arapça hubb kökünden gelir. Bu kelime sevmek, meyletmek, istemek anlamına gelir. Buğz kelimesinin zıddıdır. İnsan hoşlandığı, bildiği şeylere muhabbet duyar, hoşlanmadığı, bilmediği, tanımadığı şeylere de buğz eder. Okuduğum bir kitapta, insanların arasındaki düzenin ancak muhabbetle sağlanabileceği yazıyordu. Muhabbetin olduğu insanların arasında adalet aranmazdı çünkü adalet hak aramaya yarardı.

Birbirine muhabbet duyan insanlar ise sevdikleri için haklarından feragat eder ve ortada çözülmesi gereken bir hak meselesi kalmazdı. Ancak muhabbetin olmadığı yerlerde adalete ihtiyaç vardı. Muhabbet ikiliği ortadan kaldırır, adalet ise ikilik ortaya çıktığı için zuhur eder."

"Ne güzel bir oyun bu böyle..." dedi Seyyah gülümseyerek. "Çok sevdim."

"Babamla oynardık..." dedim. "Muhabbetimiz pek boldu. Özlüyorum onu... Biliyor musun Seyyah, insanlar hiç farkında değil ama günlük hayatlarında en mahrum kaldıkları şeylerden biri de muhabbet. Her şeyden konuşuyorlar ama kalpten bir muhabbeti ıskalıyorlar. Dostça bir sohbet insanın mayasını taze tutar demişler. Muhabbeti çıkarınca mayadan, ne dost kaldı ne de sohbet..."

Seyyah'ın gözleri derinlere dalmıştı yine, üzülüyordum o böyle uzaklara dalıp gittiğinde. Uzaklaşıyor gibiydi bulunduğu ortamdan. Gittiği yerlerden geri çeviremeyeceğim diye korktuğum anlar oluyordu açıkçası... Seyyahtı o ne de olsa. Canı yol çektiğinde çekip gidebilirdi... Uzaklarda bir özlediği mi vardı acaba diye bile geçti aklımdan.

Kendi kendime düşünmüştüm ama o içimdeki sesleri işitmiş gibi "İnsan bildiğini değil, inandığını özler..." dedi. "Varlığını bilip de ona varamamanın özlemi başkadır. İnsan, içindeki boşlukların sahibini özler... Hiç gelmeyen biri özlenir mi? Belki de en çok onlar özlenir. Tadanlar bilir. Onlar başka özlenir. Hiç gelmemiştir. Hatırlanacak bir duygu, bir iz bile yoktur ama onların yokluğu bir yanını yakar adamın. Gidenlerin anıları acıtır. Ama hiç gelmeyenlerin özlemleri başkadır, tanımlayamadığımız bir boşluk bırakır insanın içinde. Sebebini bilmeyince ilacını da bulamazsın.

Cümlelerin sonu gelmez, cümlenin ortasında çekip gidesin gelir. Ona gidesin gelir, hiç gelmeyene... Bu kadar yanımızda ama bize uzak insan varken, uzaklarda, hiç duymadığımız o birinin muhabbetine ihtiyacımız olması çok acı. Bilmiyorum derdimi anlatabiliyor muyum ama, çevremizdeki muhabbet edemediğimiz insanlardan çok, uzaklara ihtiyacımız var bizim. Göç etmeye ihtiyacımız var, göç edebileceğimiz bir yüreğe ihtiyacımız var ve biz henüz tanımadığımız o yüreği öyle çok özledik ki..."

Konuşmasam da Seyyah'ın beni duyabiliyor olduğundan emindim artık. Babamdan sonra ilk kez bir insan hem huzurla dolduruyordu içimi hem de güvenle...

***

"Şimdi ben bir kelime seçiyorum o halde..." dedim. "Nazende."

"Kolay sordun..." dedi Seyyah... "Bir şarkıda duymuştum. Nazende sevdiğim... Nazlı anlamına geliyor..."

"Güzel..." dedim. "Şimdi sen bir kelime söyle bakalım, zor olsun ama!"

"Pinhan..." dedi.

"Saklı kalmış, sırlanmış demek."

Hızlı cevabımdan etkilenmiş gibi bakıyordu Seyyah yüzüme. "Öğrencilerin çok şanslı olacaklar" dedi. "Senin gibi bilgili ve duyarlı bir öğretmenleri olacak... Yaşının üzerinde bilgiye sahipsin..."

"Mesele bilmek değil ki Seyyah. Bilgiyle olmak..." dedim. "Nice bilenler bu dünyayı kâfi görüp usul usul zarara yürümüyorlar mı?"

"Bu yolda oldum denmez Fesleğen..."

Ne konuştuğumuzu bir türlü anlayamayan kızlar da merakla bakıyorlardı bize. Sonunda biri dayanamadı ve "Hayırdır?" dedi. "Ne konuşup duruyorsunuz öyle? Bize de söyleyin..."

"Merak edilecek bir şey yok canım..." dedim. "Yemek tarifi işte."

"Nasıl yani?"

"Önce ellerimizi güzelce yıkayıp niyet ediyoruz güzel şifalı bir yemek yapmaya. İlk gün temiz huy atıyoruz tencerenin içine ve birkaç gün hafifçe karıştırıyoruz. Ardından tebessüm atıyoruz ve aheste aheste karıştırmaya devam ediyoruz dibi tutmasın diye. Sonra kimsenin arkasından konuşmamak atıyoruz tencerenin içine, attıkça güzelleşiyor yemeğimiz, kısık ateşte kaynatıp kapıyoruz altını. Yemek iyice kıvamına geldikten sonra üzerinde varsa benlik ve kibir katmanını sıyırıp atıyoruz. İşte harika bir yemek çıktı ortaya, yemekten bir yudum alan güzel bir insan oluyor sonunda."

Kızlar merakla ve ciddiyetle dinliyorlardı beni. Hepsi suspus olmuştu bir anda. Sustuğum halde yüzüme bakmaya devam ettiler bir süre daha.

Sonra içlerinden biri "Başladın yine..." dedi. "Tamam, tamam biz yokuz gibi devam edin siz."

Seyyah gülmeye başlamıştı. "Zekâna hayranım..." dedi biraz bana doğru eğilerek. "Artık kimse bulaşmaz bize, cesaret edemezler..." Sahiden de o günden sonra kimse konuşmamızın arasına girmeye kalkışmamıştı.

Ne zaman yanlış bir şey söylediğimi ya da birini incitmiş olabileceğimi düşünsem hemen karşımdakinin gönlünü alacak bir cümle hazırlardım heybemde.

Kızlara dönüp "Kızlar çayları ben ısmarlasam da kalksam olur mu?" dedim alçak sesle.

"Neden?" dedi Seyyah, beni duymuştu.

"Yurda akşam sekizden önce girmem gerek. Saat yediyi geçti anca giderim" dedim.

Seyyah saatine baktı ve bir saat geri aldı. "Bak artık altı buçuk, bir saatimiz daha var" dedi.

"Haklısın, son bir çay içip kalkalım o halde" dedim gülerek.

Yüreğimin kıyısında, gölgelik, sakin yerlerin neşesi yüzüme vuruyordu. Hayatımda ilk kez durduk yere tebessüm ediyordum.

İnsan gerçekten de öyleymiş, sevdiği aklına gelince durup durup gülesi gelirmiş.

Açıkçası ilk günlerdeki muhabbetten sonra bir daha karşılaşacağımızı düşünmüyordum. Neden mi? Dünya küçük, bir daha bu kadar büyük bir tevafuku içine alabileceğini düşünmüyordum.

Sanki bu dünyada adıma yazılmış mektup sonunda adresine ulaşmıştı ve okuyordum. Yaşıtlarımdan daha fazla şey bildiğimi sanırdım. Mesele bilmek değilmiş, mesele olmakmış. Bilgiyi hafızana yerleştirmek değil, onu hücrelerinde hissetmekmiş.

Genellikle anlatan bendim ama o öyle hissederdi ki, ben onun halini görüp anlamaya başlardım. Ben babasının Birlik Dükkânı'nda büyümüş bir kızdım. O ise kendi başına ilerlemeye çalışan ama saf, tertemiz, kendini dışarının karmaşasından sakınmış bir gençti. Onunla konuşmak, anne karnında olmanın huzurunu veriyordu.

İşte böyle başladı kelimelerimizin birbirini tamamlama hikâyesi. Kanadında muhabbet taşıyan bir kelebek o gün gelip üzerinde fesleğen olan bir masaya konmuştu. Kanadındaki muhabbet yere düşüp iki parçaya bölünmüştü. Bir parçası Fesleğen'e, bir parçası Seyyah'a düşmüştü.

***

Eğitim için geldiğim İstanbul'da çok daha fazlasını bir insandan öğrenir olmuştum. Her dinin peygamberleri vardır. Çünkü insana lazım olan şey bilgi değil insandır, uygulamadır. Kendimizi ancak bize karşı ayna görevi gören insanlarda görebiliyoruz. Bir insanı tanırsın, davranışların değişir, dualarında aradığın sevdiğine kavuşursun, dünyan değişir.

Biz de günümüz trendlerinin içinden sıyrılmaya çalışan iki genç olarak birbirimizin derdine merhem olmuş gibiydik. Nasıl göründüğümüzle değil, nasıl hissettiğimizle ve nasıl olduğumuzla ilgileniyorduk. Haftanın iki üç günü düzenli çalışmalar yapmak üzere kafede buluşurduk. Kütüphane katında çalıştıktan sonra çay içmeye geçerdik. Ekip bir araya geldiğinde, ekseriyetle Seyyah ile muhabbet etmem kızların dikkatinden kaçmazdı tabii.

Onlar nasıl göründüğümüzü izleyip duruyorlardı dışarıdan ve hakkımızda birtakım yargılara varmaya çalışıyorlardı. Kafalarındaki kriterlerin hiçbirine uymuyorduk. Böyle olunca da aramızdaki yakınlığın ne olduğunu tarif edemiyorlardı bir türlü.

Onların kriterlerine göre insanlar sevgili olduklarında birtakım rutinleşmiş işaretler gerçekleşirdi.

Nasıl mı?

Mesela önce Instagram'da ve Twitter'da "biyografi" kısmına tanışma gününün tarihi düşülür, yanına yüzük işareti, bulut, gülen yüz, balon gibi minik simgeler konurdu.

İlerleyen zamanda çiftler birbirinin Facebook ve Instagram şifrelerini isterlerdi. Sonraki haftalarda Facebook'ta yanak yanağa "selfie"ler paylaşılır, bir albüm hazırlanırdı. Sürekli mesajlaşılırdı. Sokakta el ele yürünürdü. Biri diğerinin omzuna koyardı başını, koca günü bu şekilde geçirirlerdi.

Özellikle erkek tarafı biraz geç cevap verirse kız bir ay boyunca konuyu yeniden demleyip çocuğun önüne sürme hakkı kazanırdı. Erkekler arasında çok yaygın bir söz varmış mesela. Kıza aşkını ilan ettiği gün "Ben seni tanıdığım gün bütün kadınların cenaze namazını kıldım" sözünü bütün sosyal medya hesaplarından paylaşması gerekirmiş. Bu tamamsa, aşkın ispatı da tamam sayılırmış.

Bunların hiçbirini gözleyemiyorlardı bizde. Birbirine doğruları gösteren birer ayna gibiydik biz. Dolayısıyla nasıl bir yakınlık içinde olduğumuzu kimse tahayyül edemiyordu tam anlamıyla. Farklıydık. Başkaydık. Herkes gibi değildik. Herkesin anladığı gibi de değildik...

***

Elimde bir papatyayla, kitap kafede kızlarla oturuyorduk yine bir gün...

Parmak uçlarımla usulca beyaz yapraklarını okşuyordum papatyanın. Sanki müptelası değilmişim gibi yine düşüncelerdeydim. Kızları işitmiyordum bile artık... Kim ne konuşuyordu bilmiyordum.

Seyyah'a ne kadar da alıştığımı düşünüyordum o sırada. Sanki doğduğum günden beri hep o vardı hayatımda. Çok eski bir dost, çok eski bir sevgili, kadim bir yâren olmuştu bana. Onunla konuştuğum gibi kimseyle konuşamıyordum.

Nereden çıkıp geldiyse Seyyah, birden, "Sensin papatya!" diye ürküttü beni.

Tebessüm ettim sürprizlerin en güzeline.

Gülmeye başladım sonra. "Yine nüktedanlığınız üzerinizde" dedim.

Bunca kirli ve kalabalık bir hayatın içinde böyle müstesna, çocuk kadar temiz, masum, şahsına münhasır, güzel ve tevazu dolu kalabilmiş olması ne kadar güzel ve ne kadar da kıymetliydi.

Dikene gül veren, tohuma betonu deldiren, sonra onu fidana döndüren Rabbim güzel kalpli insanlarını işte böyle özenerek koruyup saklıyor sanırım. Hep böyle dostlar yürüse sokaklarda, sokaklar güzelleşmez mi? Böyle insanların olduğu topraklarda kavga gürültü olur mu? Bir insanın ihtiyaç listesinde, halden anlayan bir dosttan daha mühim bir madde olabilir mi?

Bir insanın yağmurları nasıl biter? Allah'ın kimseye dayanabileceğinden daha fazla yük yüklemeyeceğini biliyorum. Küçük bir tırtılın kelebek olmasına müsaade edecek kadar kusursuzca tasarlanan bu dünyada Seyyah gibi adamların bu dünyanın son umuduymuş gibi var olmaya devam etmeleri gerekirdi.

Ben ona Seyyah derdim. Bilirsiniz, seyyah, gezgin demek. Bir hayalperest olarak söyleyebilirim ki, o benden daha fazla hayalperestti. Çok dalardı. Fatih'te arkadaşlarıyla otururken onu gördüğümde, arkadaşlarının dışında bir yerlerde seyahat halinde olduğunu anlayabilirdim. Ben de ona, "Seyyah gezgin demek, sen mekân değil ama gönül gezginisin. Yazdıklarınla gönülden gönüle geziyorsun, senin ismin Seyyah olsun mu?" demiştim. Belki şehirden şehire, belki gönülden gönüle gezen koca yürekli bir Seyyah...

O da bana Fesleğen demişti. Beni ilk gördüğü gün oturduğumuz ahşap masanın üzerinde bir saksı fesleğen vardı. Tam önümdeydi. En sevdiği bitkiymiş meğer. Zaten sevdiği başka bir şey de pek olmamış şu hayatta. "Ben Seyyah isem, senin ismin de Fesleğen olsun" demişti.

İlk günden beri ismimizi öğrenmemiştik. Büyülü muhabbetimiz hep böyle kalsın istedik. İşte böyle başlamıştı isimsiz hikâyemiz, daha doğrusu yeni isimlerimizin hikâyesi.

"Siz de her zamanki gibi çok fesleğensiniz" dedi. Karşıma geçip oturdu sonra. Her zamanki gibi demli çayını söyledi.

"Ne demekmiş o?" diye sordum. "Her zamanki gibi bir fesleğen olmak?"

Masadaki küçük fesleğen saksısını aradı gözleri, fark ettim. Ancak fesleğen mevsimi değildi artık. Masalarda menekşeler vardı şimdi... Üzülmüş gibi bakında etrafına.

"Güzel olmak, iyilik saçmak demekmiş..." dedi. "Kokular hiç unutulmaz biliyor musun? İsimleri unutursun, eşyaları unutursun, kitapları unutursun, adresleri unutursun ama kokuyu her zaman hatırlarsın. Unuttuğunu sandığın şeyleri bile hatırlatır sana..."

"Zifiri karanlıkta olduğunu düşün..." dedim. "Eline baktığında bile simsiyah, derin bir karanlık var karşında. Senden başka kimse yok karanlığın içinde. Derken başkaları belirmeye başlıyor ama göremiyorsun. Seslerini işitiyorsun sadece... Her biri bir karakter kazanıyor senin için.

Biraz zaman sonra bir koku ulaşıyor burnuna. Daha önce hiç duymadığın, hatırlamadığın bir koku... Öyle hoş, öyle sarhoş edici bir koku ki, insanlar ikiye ayrılıyor bu noktada. Bir grup insan kokunun güzelliğine dalıp gidiyor, yavaşça çömelip kendilerinden geçiyorlar ve kokunun keyfini çıkarmaya başlıyorlar. İkinci grup insan kokudan öylesine zevk alıyorlar ki, kokunun kaynağını merak edip sorgulamaya başlıyorlar.

Koku daha önce neredeydi acaba, kaynağı neydi, neye aitti? Kokusu bile bu kadar büyüleyiciyse kokunun kaynağı ne kadar güzeldi kim bilir... Böylece başlıyorlar kokunun geldiği yöne doğru karanlıkta yürümeye. Hayatlarını adıyorlar bu yola. Kokunun kaynağına doğru yürüdükçe fark ediyorlar ki karanlık da dağılıyor. Aydınlık başlıyor... Kokunun kaynağına gidenlerin gözleri, ilk kez görmeye başlıyor."

"Müthiş bir benzetme Fesleğen, kimden duydun bunu?"

"Babam anlatmıştı. Hatta bu konunun geçtiği kitabı da bir ara vereyim sana okursun."

"Çok iyi olur. O halde insan birini sevdiğinde şöyle düşünmeli..." diye devam etti Seyyah. "Sevdiğim bu kadar güzelse, onu yaratan ne kadar güzeldir kim bilir..."

Seyyah çok açtı. Manaya aç bir yolcuydu... Her muhabbette gözleri dolarcasına anlar, anlatırdı bilgiyi... Ben ona bilgiyi veriyordum, ama o öyle bir anlıyordu ki, anlattığım bilginin farkına varıyordum. Birbirimizi geliştiriyorduk. Her kelimede öğreniyor, cümlelerin sonuna nokta koymaktan korkuyorduk, virgüllerle dolu günler geçiyordu.

Seyyah'ı yaşayarak öğrenmek çok güzeldi. Bana kendini anlatmasını istememiştim hiç. Kendim sürüyordum mizacının izini... Eşsiz bir serüvendi bu benim için ayrıca. Çayı ne çok sevdiğini anlamıştım mesela artık. Bazen limonlu ve şekersiz... İyi demlenmiş kokulu çaylara ayrıca zaafı vardı.

Yürümeyi çok severdi. Öyle böyle yürümek de değildi onunki, semtten semte, saatlerce yürüdüğü olurdu. Bir defasında da Tahir Amca'ya götürdü beni. Dedesini ve babasını da iyi tanırmış Seyyah'ın. Eski bir mücellit. Vefa'da ahşap bir binanın giriş katında, küçücük bir dükkânda eski kitapları tamir ediyordu.

Seyyah olmadığında da birkaç kez ziyaret etmiştim Tahir Amca'yı. Bizim Konya'daki sahaf dükkânının bir köşesini de kitap tamiri için kullanırdı babam. Oradan hatırımda kaldığı kadar yardımcı olmuştum Tahir Amca'ya. Hep mavi önlük giyerdi, sohbeti de hep güzeldi. Seyyah'ın babasını çok küçükken kaybettiğini, nasıl bir çocukluk geçirdiğini de öğrendim ondan.

Babamın olmadığı bir çocukluk yaşasaydım bugünkü ben olamazdım diye düşündüm. Öylesine kıymetli emekleri vardı ki üzerimde, özellikle de sevgisi, ilgisi, şefkati, merhametiyle beni sımsıkı sarması, hayata karşı güvenli duruşumu desteklemiş, beslemişti.

Seyyah'ın yalnızlığını anlattı biraz Tahir Amca... Tahmin ettiğim gibiydi. Balat'ta babadan yadigâr bir evde bir başına yaşıyordu. Fesleğenleri çok severmiş annesi... Mutfak penceresinde ille fesleğenler olurmuş. "İnsanlar hakikati önlerinden yılların geçmesiyle değil, önlerinden doğru yolların geçmesiyle bulurlar..." demişti Tahir Amca. "Önünüzde daha çok uzun yıllar, uzun da yollar var. Yeter ki yürümeye cesaretiniz olsun."

"İnsanlar hakikati önlerinden yılların geçmesiyle değil, önlerinden doğru yolların geçmesiyle bulurlar" diye tekrarlardım içimden...

Sanki şimdiye kadar önümden yıllar geçmişken, şimdi ilk kez bir yol ile karşılaşmıştım. Haftalarca, aylarca yürümeye devam ettim bu yolu. Nereye varacağını ya da nerede biteceğini hiç düşünmeden. Birlikte yazılar yazdık, birlikte yarım kalan cümleleri tamamladık. Söylenen şarkıları dinledik birlikte, sevenlerin hikâyelerine ortak olduk araştırdıkça. Çok şey paylaştık. Her geçen gün hikâyeler, şarkılar ve şiirler biriktirdik.

Zaten her insanın bir hikâyesi, bir şarkısı olmalıydı. Anlat dediklerinde anlatacağı, ağla dediklerinde ağlayacağı...

***

Bugün kötü olaylara rast geldiğim bir gün oldu. Metroyla bir iki yere gidip gelmek zorunda kalmıştım. Ama gidip gelene kadar dört kavgaya şahit oldum. İkisi sıramı kaptın, ben öndeydim sen arkada. Biri, metroda güvenlik noktasından geçerken sen kimsin de beni arıyorsun? Bir tanesi de bu paso size ait değil kavgası.

Zaten günüm öyle zor başlamıştı ki tüm bunların olacağı belliydi sanki. Yurdun en alt katında sabah kahvaltısı verilirdi, bazen bir şeyler atıştırırdım ben de. Bu sabah bahçede yer kalmadığı için mecbur televizyonlu salonda kahvaltımı yapmıştım. Pek ilgilenmesem de yüksek sesli izlenen sabah programlarına denk gelince neye uğradığımı şaşırdım.

Babamın evimizde televizyon bulundurmamasına ne kadar şükretsem az, meğer ne tuhaf şeyler oluyormuş memleketimde. Ahlaksız bir evlilik programında bir erkekle bir kadın birkaç gün önce tanışıyor. Bir hafta sonra bir mesajdan dolayı tartışıyorlar ve bu haber benim ülkemin en büyük televizyonlarından birinin haber bülteninde manşete girebiliyor.

Üstelik insanlar da basiretleri bağlanmış gibi izliyorlar bu yayınları. Olacak iş değil. Mevcut kültür seviyemizin çok da yüksek olmadığını biliyorum ama yine de bunlara şahit olmak üzüyor. Çalışmak, koşturmak değil de halden anlamazlar cidden yoruyor.

Dünyaya hâlâ daha alışamamış henüz tanışmasam da benimle aynı şeyleri düşünen insanlara yalnız olmadıklarını haykırmak istedim o an. Çünkü insanın düşüncesi doğru olsa bile kendisi gibi düşünenleri görmediğinde zayıflayabiliyor. Hatta doğru olan yolundan, sırf kalabalık diye yanlış yollara sapabiliyor. Babamın yalnız ama doğru insanlarla ilgili çok güzel bir sözü vardı: "Bir insanın ne kadar kimsesi yoksa o kadar Allah'ı vardır güzel kızım."

Dünyanın sevgisizlik ve nefret üzerine kurulduğunu düşünüyorum bazen. İnsan, ilgi duyduğu konu üzerine düşünür, vakit harcar. İnsan, üzerine düşündüğü konularda icatlar çıkarır. Sevgisizlik üzerinde dönüp duran televizyonları izleyenler de ancak sevgisizlik üzerine icatlar çıkarabilirdi. Tiksinti, nefret, güvensizlik, haset, hırs, rekabet, öfke... Hepsi sevgisizliğin sonuçları değil mi?

Bir de sevgiden ortaya çıkacak icatlara bakalım mesela. Hoşgörü, anlayış, sebat, sadakat, destek, aşk, neşe, coşku, ilham... Sonu yok... Ne yazık ki bizim yürüdüğümüz sokaklarda, yaşadığımız mahallelerde artık çok az...

Baksanıza dünyanın haline... Hastaneler dolu, meyhaneler dolu, tımarhaneler dolu, hapishaneler dolu. Ölümü bekliyor insanlar, ömürlerinin tükenişini izliyorlar adeta. Çoğu sevgisizlikten pes etmiş, vazgeçmiş mücadeleden. Bekliyorlar sadece...

Çarşıya her çıktığımda ruhları ve sinirleri hasta insanlar görüyorum. Ama ruh ve sinir hastalıkları hastanesinde değil, sokakta ellerini kollarını sallayarak dolaşıyorlar.

Kaldırımda çiçek olsam açar mıydım diye düşündüm. Siz olsanız açar mıydınız? Birinin sizi görüp, eğilip koklama ihtimaliniz mi daha fazla, üzerinize basılıp çiğnenme ihtimaliniz mi? Yoksa koparılıp bir sevgilinin günlüğünde kurutulma ihtimaliniz mi?

Şimdi düşünün, çıkıp bir arkadaşınıza deseniz ki, "Ben Allah ile konuşuyorum..." diye, size deli derler değil mi? Ama çıkıp arkadaşınızla birinin arkasından konuşsanız güzel güzel dinler. Belki kahkahalar atıp katılır size. Yani Allah ile konuşmayı delilik gibi görüp, insanları yerip durmayı gayet normalleştirmişler.

Bu dünyada lüzumsuz şeyler konusunda sürekli kendimizi geliştiriyoruz ama konu insana dair olduğunda "Ya bunlar çok derin konular çok da dalmamak lazım" diye geçiştiriyoruz meseleleri.

Dünyadaki savaşlarda çocuklar ölürken, suçsuz günahsız kişiler katledilirken, insanlar evsiz barksız kalırlarken bunları görenlerin neden sessiz kaldıklarını söylememi ister misiniz? Onlar bu olan bitenlerin bir oyun olduğunu sanıyorlar çünkü.

"Nasıl konuşulur Allah'la?" diye sorduğunuzu duyar gibiyim.

Biriyle konuştuğunuzu düşünün mesela. Aradan yalanları çıkarın. Şimdi de sizi ilgilendirmeyen konuları çıkarın. Tamam, işte geriye kalanları Allah ile de konuşabilirsiniz.

İnsanlar kendi kendine konuşmanın delilik olduğunu söylüyorlar. Karakterlerimize sürekli bir sosyalleşme hırsı yerleştirmeye çalışıyorlar. İstiyorlar ki hiç durmadan çevremizi genişletip saygınlığımızı artırmak üzerine bir strateji ile yaşayalım. Hep sosyal olalım, hep iletişimde ve dışarılarda olalım.

Ne yani, sosyal olacağız diye kendimizle ilişkiyi mi keseceğiz?

***

"Biliyor musun Seyyah, ben çocukken kedilerin büyüdüklerinde kaplan olacaklarını sanırdım ve korkardım..."

"Kediler yedi mi seni hiç?"

"Hayır, babam korurdu beni. Sokaktaki su birikintilerinden bile korurdu. Annemle babam yürürken ben aralarına girer iki elimi de gökyüzüne kaldırır, tutardım ellerinden. Ne vakit su birikintisine yaklaşsak kollarımdan çekip havaya kaldırırlardı beni... Bayılırdım... Uçuyormuşum gibi gelirdi..."

"Şanslıymışsın..."

"Sen çocukken yaramazlık yaptın mı hiç?"

"Koltukların minderlerinden tünel yapardım. Sonra gözlerimi kapatır kendi yaptığım tünelde çıkışı bulmaya çalışırdım."

"Mühendisliğe yatkınlığın çocukluktan belliymiş."

"Mühendisliği değil de, hayal kurmayı severdim ben. Mühendislik hayaller kurmama yardım ediyor sadece. Düşüncelerimi disipline ediyor. Her şeyi yerli yerine oturtuyorum. Evet, belki mühendis kafasında olduğum için bu hayata alışamıyorum.

Boş veremiyorum diğerleri gibi. Bir mukavemet formülünü düşünür gibi şu hayata baktığında, dünyaya geliş sebebin belliyse, geliş sebebini yerine getirmen gerekir gibi basit bir yolla eşitliyorum denklemin iki tarafını da."

"Oyun oynamaz mıydın mahallede?"

"Oynardım tabii... Kutu kolaların üzerine basıp sıkıştırırdık, sonra da maç yapardık mahallede. Oynamaya top bulamadığımız günlerden NASA'nın canlı yayınla uydudaki kamerasından dünyanın boşlukta bir top gibi döndüğünü sıcak yatağımızdan izleyecek kadar ilerledi dünya. Bilgi ilerledi ama farkındalık ilerlemedi. Teknolojik olarak her açıdan daha ileriyiz değil mi? Yani ilk çıkan telefonla şu an elimizdekine bak. Her şey değişiyor. Peki, ya insani değerler, hisler, farkındalık, insani beceriler... Sevgi...

Şunu diyebilir miyiz mesela? Elli sene önce televizyon bile yoktu, kimse kimseyi sevemiyordu. Diyemeyiz. Aksine, bence o zamanlar daha güzeldi insan. Duygular daha gerçek ve dürüsttü... Aşklar daha temiz, daha kusursuzdu. Teknoloji ilerlerken nasıl oluyordu da mana geriliyordu? Aşklar derinleşmiyor, yüzeyselleşiyor. Dostluklar sıkılaşmıyor, sığlaşıyor. Madde sürekli ileri giderken mana sürekli geriliyor."

"Anılarında bile çocuk değilsin Seyyah... Hiç küçük olmadın mı sen?"

"Küçük oldum mu olmadım mı bilmem ama, özgür oldum... Evimizin bir iki sokak ilerisinde eski bir otobüs durağı vardı. Yaşın küçük olunca dünyan da küçük oluyor, oradan otobüse binenlerin başka ülkelere gittiklerini düşünürdüm. Babamdan harçlık alır, uzun, çılgın bir yolculuğa çıkar, durağın hemen karşısındaki bakkaldan leblebi tozu alır, durakta yerdim. Şimdi duraklar çok süslü ama ben hâlâ o eski otobüs durağını unutamıyorum. Küçücük durağa kocaman anılar biriktirmişim. Kırmızı körüklü bir otobüs gelirdi durağa, bana kalsa dev bir gemi yanaşırdı limana."

"Hayalperest Seyyah... Belli ki senin yazarlığın sonradan değil doğuştanmış."

"Biraz da sen bahset bakalım çocukluğundan... Eminim çok usluydun, küçük bir hanımefendiydin..."

"Evet... Usluymuşum, babama da âşıkmışım. Hâlâ âşığım zaten. Beni her yıl doğum günümde odamın kapısına yaslayıp başımın üzerinden çentik atardı kapıya. Tam on yedi tane çentik vardır kapımın üzerinde. Her sene boy atıp durmuşum. Ta ki geçen seneye kadar... Önceki yılki çentik bir önceki çentiğin tam da üzerine denk gelince 'Artık büyümeyecek miyim baba?' demiştim. 'Asıl şimdi büyümeye başlıyorsun güzel kızım' demişti canım babam.

Böylece daha çok konuşmaya başladık. O son çentikten beri babamın anlattıklarını özümsüyor, yaşıyor, soluyorum adeta. Bendeki değişim böyle başladı... Kapıyı boyatmadık. İnsanın hayatını gözünün önünde tutması güzel bir şey.

Çünkü her şeyi öylesine hızlı unutuyor, öylesine hızlı tüketiyorduk ki, birinin ya da bir şeylerin sana 'Bak geçmişte böyleydin...' demesi bir ihtiyaç. Kapıdaki çentikler, birer ikazdır benim için... Kim olduğunu unutma demektir. Kim olacağına doğru karar ver demektir."

Ona anlattığım anılarımı her zaman hatırlardım ama ona anlatırken bir başka güzel dalmıştım. İnsan sevince bazı şeyleri olduğundan daha güzel hatırlayabiliyor.

***

O gün Balat, Vefa, Zeyrek, çarşı derken koca günü geçirmiştik birlikte. Yürüyerek dolaşmıştık eski semtleri. Pantokrator Manastırı'na gitmiştik sonra. Yorulunca da Vefa Bozacısı'nda oturup birer boza söyledik. Hayatımda daha lezzetlisini içmemiştim. Dayanamadım ikinciyi de söyledim. Benimkinde bol tarçın, Seyyah'ınkinde bolca sarı leblebi...

Her köşesinde unutulmaz bir hatıra gizli, taşı toprağı tarih bir şehirdi İstanbul... Günden güne hayranlık duyuyordum.

"Seçtim..." dedi Seyyah bozasını bitirince. "Kelimemi seçtim. Abdal..."

"Abdal..." diye tekrar ettim. Yavaşça çıkmıştı ağzımdan, o sırada düşünüyordum.

"Allah'tan başka dünyadaki her şeyden vazgeçmiş kişi anlamına gelir. Abdallar iyice acıkmadan yemek yemezler, iyice uykuları gelmeden uyumazlar, mecbur olmadıkça konuşmazlar, sorulmadan cevap vermezler. Bir şey sorulduğu zaman edepten dolayı bekleyip başka cevap verecek olan var mı diye susarlar.

Sorulmadan söze başlamayı gizli şehvet sayarlar, zayıf ve ezilmişlere önce onlar yardım elini uzatırlar. Kötülük yapanları bağışlar, sahip oldukları şeyleri başkalarıyla paylaşır, kadere rıza gösterir, tüm işlerinde ihlas ve samimiyeti ön planda tutarlar."

"Aptal kelimesi, sence abdal kelimesinden mi gelmiştir?" diye sordu Seyyah. Cevabını bildiği bir soruyu bana yönelttiğini hissettim o an.

"Kökenini bilmiyorum ama manaları farklı..."

"Abdal, hali değişen demektir, aptal ise değişmeyendir. Abdal anlamak, aptal ise anlaşılmak ister. Abdal iyiliğin peşinden koşar, aptal ise çıkarının. Abdal anlar ve susar, aptal anlamaz ama yine konuşur."

Sonrasında bir ben cümle kurdum bir o. Cümleler birbirinin devamı, biz birbirimizin devamı gibiydik:

"Abdal dünyadan kurtulmaya, aptal dünyayı kurtarmaya çalışır. Abdal yaptığı kötülükten, aptalsa yaptığı iyilikten pişman olur. Abdal yapmadığı iyilikten, aptal yapmadığı kötülükten pişman olur."

"Abdal düşteyken uyarılınca uyanır ve utanır, aptal ise ne uyanır ne utanır, sayıklamaya devam eder. Abdal tebessüm etmeyi, aptal sırıtmayı sever. Abdal sevdiğini beğenir, aptal ise beğendiğini sever."

"Abdal aptalı bulunca susar, aptal bulsa da bulmasa da konuşmaya devam eder. Güzel deyince aptalın aklına kadın gelir, kadın deyince abdalın aklına güzel."

"Abdal soru sormayı, aptal cevaplamayı sever. Abdal çaya karışıp erimek ister, aptal çay kaşığı gibi orada kalmak. Abdal kar tanesi gibi yumuşak konuşur, aptal dolu gibi sert."

"Abdal az kişiye çok, aptal çok kişiye az değer verir. Abdal azı bulursa sevinir, aptal çoğu bulamazsa üzülür. Abdal düşünmekten uyuyamaz, aptal uyumaktan düşünemez. Abdal yüreği sarsılınca kendine gelir, aptal yer sarsılsa da kendine gelmez."

Ne erkeklerin içi boş futbol muhabbetleri umurumuzdaydı ne de kızların dedikoduları... Kalabalıklar içinde yalnızlaşmaya, hemdem olmaya başlamıştık birlikte.

Farsçada hem kelimesi "birlikte" anlamına gelir, "dem" kelimesi ise nefes... Yani birlikte nefes alabilmek demekti hemdem olmak. Yani soluktaş olma... Aynı anda, aynı anlam için soluk alıp bir olmak...

Bir bakın etrafınıza, demi sizinle olan biri kaldı mı? Bu dünya o eski demleri hem eksiltti hem eskitti. Hatıra düşen anılar ancak bir lütuf oluveriyor bizlere.

Fark ettiniz mi, gün geçtikçe nostalji kelimesi daha fazla, arkadaşlık kelimesi daha az kullanılır oldu. Kimseye yaslayamayınca bir yanımızı, alıp gidesimiz geliyor başımızı.

Derinliğe sahip olmaya çalıştıkça tarifsiz yalnızlıklar içine düşüyoruz. Günübirlik hayatlara isyanımız, geceyi insanların uyumasını beklemeye başladığımızdan beri var.

"Şimdi ben sizden bir kelime alayım Fesleğen Hanım..." dedi Seyyah. "Buyursunlar."

"Konya'yı çok özledim..." dedim. "Babam da gözümde tütüyor. Özlem olsun..."

Gülümseyip yüzüme baktı Seyyah. Düşündü biraz. "Dün bir makale okudum..." dedi. "Fransızcada seni özledim diyemiyormuşsun. Bunun yerine bende eksiksin anlamına gelen bir kelime kullanılıyormuş. Aslında çok mantıklı, insan birine ihtiyacı olduğunda eksikliğini hisseder ve aslında seni özlüyorum dediğinde senin eksikliğini hissediyorum demek ister. Bu yüzden herkesin eksikliği hissedilmez. Seviyorum kelimesi ayağa düştüyse de eksikliğini hissediyorum diyemez herkes. Tanıdığın, sevdiğin herkes gittiğinde eksik hissetmezsin. İçin paramparça olmaz. Ancak içinde ondan bir şeyler taşıdığının eksikliğini hissedersin. Nasıl kıymetli bir his değil mi?"

İnsan belki de cesaret edemez başkasına "Sensizken eksiğim..." demeye. Zor gelir belki. Onur kırıcı bulabilir. Birinin eksikliğini hissetmek yetersizlik, değersizlik hissi yaratabilir insanda. Oysa aşk tam da böyle bir şeydir aslında. Onunla tamamlanıp onunla eksik kalmak gibi bir şeydir. Gerçekten de eksiksindir o olmadığında. Ancak geldiğinde tamamlanır, bütün olursun. Bu yüzden sadece gerçek bir âşık "Sensiz eksiğim..." diyebilir.

Sende olan giderse eksikliğini hissedersin ancak. Kolun gibi, bacağın gibi, gözün gibi, tenin gibi... Sende değilse o, eksiksin demezsin. Özlersin en fazla.

"Çok sevdiğin biri bir gün giderse ne yaparsın?" diye sormuştum Seyyah'a. Aldığım cevapla yanaklarım kızarmış, tek kelime edememiş ve son çayımızı içerek o günü sırlamıştık.

"Eksik kalırım..." demişti. "Özlemek dayanılabilir bir şey. Gerçekten sevince insan, yanındayken de özlüyorsun zaten. Özlemek güzel zaten sevdiğini... Yanındayken bile özlersin. Ama giderse, özlemek değildir o, eksik kalmaktır. Bir gün gidersen seni özlemem Fesleğen. Bil ki eksik kalırım."

***

Okuldan sonra koşturarak kitap kafeye gittim. Hava epey yağmurluydu, rüzgâr da hayli sert. Şemsiyeyi açmakta zorlanıyordum. Biraz da üşümüştüm kitap kafeye varıncaya kadar. Gördüm ki kızlar benden önce gelmişler bile. Seyyah da aynı masada ama kitap okuyor köşesinde, önünde de bir yığın not kâğıdı yine... Önümüzdeki günlerde dergiye vermesi gereken yazıları toplamış olmalıydı.

Herkesi selamlayıp oturdum masaya. Kurulanmam, ısınmam zaman almıştı biraz. Yorgunluğumun farkında olacak ki, hiçbir şey sormadı Seyyah. Nasıl üşüdüğümden, rüzgârda şemsiye açamadığımdan, ıslandığımdan, insan kalabalığından, soğuktan, gecikmekten, dersin uzamasından söz etmek istemedim.

Çayımı söylediğinde sakinleşmiştim bile.

"Bakmak ve görmek..." dedim. Anlamış gibi gülümsedi.

"Bakmak ve gördüğünü anlamak..." dedi.

"Biz de gördüğümüzü anlarız..." diye araya girdi arkadaş grubumuzdan biri. "Bunun için entelektüel olmak gerekmiyor."

"Bir saniye..." dedi Seyyah. Bir el hareketiyle onu dinlememizi istediğini gösterdi.

"Arkadaşlar..." diye devam etti. "Herkes birbirinin gözlerine bakabilir mi lütfen?"

Grupta bir şaşkınlık ve hareket oldu. "Nasıl yani? Bu da ne şimdi?"

"Hadi birbirinizin gözlerine bakın lütfen. Göz rengine bakın..." dedi Seyyah.

Sonra sırayla herkes baktığı gözün rengini söyledi Seyyah'a. Yedi kişiydik o gün. Kahverengi, ela, siyah, mavi... Herkes gördüğünü söyledi işte...

Sıra Seyyah'a geldiğinde benim gözlerime bakıp "Yeşil, beyaz" dedi. Herkes gülmeye başladı bunun üzerine.

"Ne oldu ki?" dedi Seyyah çocuklara dönerek. "Siz bir insanın gözüne bakınca beyazını görmüyor musunuz? Beyazı renkten saymıyor musunuz? Neye alışmışsanız gözün rengini bile o şekilde algılayıp söylüyorsunuz. İnsan içgüdüsel hareketleri dışında neredeyse hiçbir şeyi tek başına sıfırdan öğrenmemiştir, hep başkalarından öğrenmiştir. İnsan çevresinin ortalamasıdır derler bilir misiniz?

Göz rengini bulmak için nereye bakacağımızı bile başkaları öğretti bize. Halbuki gözün beyazı da var ama değil mi? Mesela bir bahçe düşünün şimdi... Sizce neler olur bir bahçede? Evet, hadi herkes bir şeyler söylesin. Neler vardır bir bahçede?" diyerek gerçekten de herkesten cevap beklediğini belirtti.

Ağaç, çimen, çiçek, çit, kuzu, köpek, meyve... Herkesten cevaplar gelmeye başlamıştı tek tek...

Alternatifler tükenince "Neden kimse toprak demiyor?" diye sordu Seyyah. "Çünkü zaten var diye düşünüyoruz... Oysa bütün bu saydıklarınızın sebebidir toprak. Yani bahçenin canlılığıdır, varoluşudur. Toprak olmasaydı bütün bu saydıklarınız zaten olmazdı ki...

Bunun gibi, hayatı da, inancı da yanlış anlattılar bize. Hem yanlış, hem eksik. Ancak şeklini ezberlettiler her şeyin. Mayasını, özünü unuttuk gitti."

Farkında değildi ama o başkaydı. Bilen ben gibiydim ama hisseden o. Okuyan ben gibiydim ama yaşayan o.

Bence insanlar uzaklara, uzaklar da ona âşıktı. Çünkü insanların ihtiyacı olan şey bilgi değil yürekti. Ben yüreği ve olma halini ilk kez Seyyah'ta görmüştüm. Bir farkındalıkla yaşıyordu, ailesinden, çevresinden görmediği için neyin farkında olduğunu bilmiyordu ama yanlış giden bir şeylerin farkındaydı. Bir şeyleri değiştirmek istiyordu ama ne olduğunu bulamıyordu.

Hani derler ya, insanın ihtiyacı olan şey mükemmel biri değil kendisine ayna olacak biridir diye. Ben ona ihtiyacı olan bilgiyi vermiştim o da bana o bilgiyi nasıl kullanacağımı öğretmişti. Ben ona bilgi, o bana mana vermişti. Ben ona kelime olmuştum, o bana ses. Ben ona toprak oldum, o bana gölgesinde huzur bulacağım çınar.

Einstein izafiyet teorisini kurarken hemdert iki insanın muhabbeti sırasında geçen zamanı hesaba katmış mıydı bilmiyorum ama halimize baksaydı, muhabbet teorisini de çıkarabilirdi diye düşünüyorum.

Bakmak ve anlamak, ancak bu kadar nahif anlatılabilirdi. Ona bir kez daha hayranlık dolu gözlerle baktım. Bu arada herkes karşısındakinin göz rengini söylerken ben içimden "Güzel kahverengi..." demiştim. Utandım, sadece kahverengisi çıkmıştı ağzımdan.

***

Birlikte öyle çok sohbet ediyor, kitaplar okuyorduk ki, acele etmediğimizde her şeye yetişebildiğimizi fark ettik. Eski gereksiz ve stres dolu alışkanlıklarımızdan kurtulduk birlikte. Artık başka dertlerimiz vardı bizim dünyayla ilgili. Anlam arıyor, soruyor, sorguluyor, birlikte cevaplarını arıyorduk. Bildiğimizi sandığımız her şeyin başında "Neden?" ve "Nasıl?" sorularını soruyorduk.

Dert deyince babamın anlattığı bir hikâye geldi aklıma:

Adamın biri uzaklarda bir köye gitmek üzere yola koyulmuş. Az gitmiş uz gitmiş, sonunda bir ormana varmış. Ormanın içinden geçerken bir aslana rast gelmiş. Aslanı görünce korkuya kapılan adam can havliyle kaçmaya başlamış. Kan ter içinde koşarken bir kuyuya düşüvermiş. Kuyunun duvarlarına sürtünerek aşağı inerken, çatlaktan taşmış bir ağaç dalını yakalayıp tutunmuş. Tam rahat nefes alacak aşağı bakınca bir de ne görsün, kocaman bir ejderha kuyunun dibinde ağzını açmış bekliyor. Aslan da kuyunun ağzında durmuş, adamın ölüm nöbetini tutuyor adeta. Ne yukarıda kaçacak yer var, ne aşağıda güvenli bir alan... Bütün bunlar yetmezmiş gibi, tutunduğu dala iki fare dadanmaz mı?

Biri siyah diğeri beyaz renkli iki fare adamın tutunduğu dalı kemirmeye başlamış. Yukarıda aslan, aşağıda ejderha, tutunduğu dalın üzerinde biri beyaz, diğeri siyah iki fare...

Adam ne yapacağını bilemez halde beklerken, ağacın dalından bir damla bal damlamış ağzına.

Bu hikâyeyi Seyyah'a da anlatmıştım. "Sence adam ağzına damlayan baldan tat alabilir mi?" diye sormuştum.

"Tabii ki hayır..." demişti Seyyah. "Korku dolu bir kuyunun içinde hiçbir şeyin tadına varması mümkün olmaz."

"Aslında insanın dünya âleminde yaşadığı deneyim de buna benzer biraz..." diye anlatmıştım ona. "Aslan ölümdür bu hikâyede, hep peşindedir insanın. Ne zaman pençesini atıp avını kapacağı belli değildir. Kuyunun dibiyse ölümü, her canlının varacağı nihai sonudur."

Dikkatle dinliyordu beni. Yüzündeki düşünceli ifadeyle "Peki ya fareler?" diye sormuştu. "Biri siyah, diğeri beyaz fare nedir?"

"Zamandır..." demiştim. "Bir siyah kemirir ömrünü, bir beyaz... Bir gece gelir alır kalan zamanından, bir de gündüz... Hep ağacın dalında duracağını sanır insan ama gece ve gündüz her gün kemirir ömürden."

"Yani insan bulunduğu durumun farkında olsa dünyadaki geçici heveslerden lezzet almamaya başlar..." diye özetlemişti Seyyah hikâyeyi.

Her insan kuyudaki adamın yaşadığını yaşıyordu aslında. Farkına varmıyorduk. Varmadığımız için de dilimize düşen lezzetlere afiyetle bağlanıp kalıyorduk. Oysaki ölüm kovalar her an ve her insanın gideceği bir son vardır. Üstelik geceyle gündüz de eksiltirken ömürden içinde bulunduğumuz hali görmek yerine önümüzdeki lezzetlerle geçiriyorduk hayatı.

Seyyah, çok sevmişti bu hikâyeyi. Zamanın ne kadar kıymetli olduğunu konuştuk uzun uzun. Bir saniyesinin bile boşa harcanmaması gereken geçici bir lütuftu zaman. Her an nihai sona çekilirken, fareler zamanı kemirmeye devam ederken, içi boş, amaçsız birtakım heveslerle zaman geçirmenin insan ömrüne büyük haksızlık olduğunu söylemiştik. Oyunlarla, bilgisayarla, telefonla, televizyonla, hareketsiz, gayesiz, isteksiz, eylemsiz bir yaşam sürmek kuyuya düşen adamın halini umursamaması gibi değil miydi?

"Gerçekten de öyle, etrafına bak da gör, insanoğlu neyle meşgul Fesleğen..." demişti Seyyah. "Ne için geldi, tutunduğu dalın kopmasını beklemek dışında ne yapıyor, bu kuyunun hiç mi hizmeti yok insanoğluna? Aslan neden var, ejderha neden? Tutunduğumuz dalın kuvveti, kaderimiz mi yoksa, talihimiz mi? Bir kuyuda ölümü beklemek için yaratılmış olamaz insanoğlu... O halde bir şeyi anlamak ve yapmak zorunda... Üstelik kısıtlı bir zamanın içinde... Şimdi ben bütün bunları anlamadan, anlamlandırmadan nasıl uyurum bu gece?"

Şaşırmayan insan yeni bir şey keşfedemez derdi babam. Etrafında olup bitenlere, öğrendiği yeni şeylere şaşırmalı ki kendinde bir gelişim zuhur etsin. Seyyah'la bir şey konuşurken öylesine konuşmazdık, konu bittiğinde de öylesine kapatmazdık. Heyecan üstümüzden hiç eksik olmazdı.

***

"Sükûnet..." dedi bir gün Seyyah.

"Bir şeyi en iyi, en derin anlayabileceğin haldir sükûnet..." dedim. "Konuşmaktan daha güçlüdür. Sözlerden daha fazlasını anlatır."

"Acaba Fesleğen sükûnet ile ilgili de bir hikâye biliyor mudur?"

"Bir bakalım biliyor muymuş..." dedim düşünme numarası yaparak.

"Evet biliyormuş..." dedim biraz bekledikten sonra.

"Sor bakalım bir kahve ısmarlarsam anlatır mıymış?" dedi Seyyah.

"Bir kahve ısmarlasam dinler misin beni?" dedim onu şaşırtarak, gülüştük. Sipariş verdikten sonra başladım anlatmaya.

"Bir öğrenci, bağıra çağıra tartışan bir karıkocaya denk gelmiş. Merak edip hocasına koşmuş ve sormuş hemen. 'İnsanlar neden birbirlerine bağırır?' demiş. 'Aralarında mesafe vardır, birbirlerine seslerini duyurabilmek için bağırırlar...' diye yanıtlamış hocası. 'Peki, aralarında mesafe olmadığı halde, yan yana duran insanlar neden bağırırlar birbirlerine?' diye sormuş bunun üzerine öğrenci.

Hoca düşünmüş biraz. 'İki insan öfkelendiği zaman kalpleri birbirinden uzaklaşır. Kalpler birbirinden uzak düşünce, seslerini yükselterek kendilerini duyurmaya çalışır. İnsan ne kadar çok öfkelenirse sesini duyurmak için o kadar çok bağırır...' diye anlatmış hocası.

'Peki, ya sevenler nasıl konuşur?'

'İki insan birbirini severse kalpleri birbirine yakınlaşır ve artık sakince konuşmaya başlarlar. Kalpler yakın olduğunda arada mesafeler oluşmaz. Sükûnet dolu bir sohbet başlar...'

'Peki ya âşıklar nasıl konuşur hocam?'

'Onlar artık ya hiç konuşmazlar ya da sadece fısıldaşırlar, çünkü kalpleri o kadar yakındır ki, birbirlerine bakmaları bile yeterlidir. Âşıkların söze ihtiyacı yoktur. Onlar sessizliğin içinde birbirlerinin varlığını hissederek bile sözsüz sohbetler edebilirler...' Çok güzel değil mi?"

Seyyah anlattığım bu hikâyeden sonra uzun süre susup yüzüme baktı sadece... Bakışlarımı izledi saatlerce hiç kımıldamadan, hiç sıkılmadan... Susarak bir şeyler yazıyordu sanki yüreğime ya da gördüklerini okuyordu yüreğimde. Birbirimizi aydınlattığımızı düşündüm o an. O benim güneşimdi, ben de onun... İçimizin karanlık köşelerine ışık olmuş, ilham vermiştik birbirimize.

İlk kez kitaplarda okuduğum aşkın bir hakikat olabileceğiyle yüzleşmiştim. Aşk, bir muma ateş olmak mıydı, yoksa ateşin kendisi miydi, bilemem. Sadece yandığımı hissediyordum o kadar...

Telefon numaralarınızı alsaydınız da, dilediğiniz an, dilediğiniz kadar konuşabilseydiniz keşke diye düşünmüş olabilirsiniz.

Oysa aramızdaki sözsüz konuşmalarımızın büyüsü, gün içinde kısacık zaman dilimlerine sığdırılmış bile olsa, göz göze bakıyor olmamızda gizliydi. Aramıza ne telefon, ne internet, ne de başkaları girebilirdi... Göz göze gelmek, yüz yüze konuşmak, birbirimize saygımız, samimiyetimiz, gerçekliğimizdi bizim... Bu yüzden özlüyor, bu yüzden birlikte geçirdiğimiz her anın kıymetini biliyor, birbirimizi dikkatli dinliyor, özeniyor, dikkatle bakıyorduk yüzlerimize.

Çok yabancı görmeyin bu halimizi, 10 sene önce sevenler sosyal medyadan mesajlaşmıyor, 30 sene önce sevenler telefonla sevmiyorlardı. Yani çevremizdeki gençlere nispeten tabii olan bizim muhabbetimizdi.

"Telefonlar yakınlaştırmıyor..." demişti Seyyah. "Uzaklaştırıyor. Kimse kimsenin yüzüne bakmak için bile emek vermiyor artık, çünkü dilediği an ulaşabiliyor aradığına, ulaştırabiliyor arzusunu ona. Kıymetini düşünmek için dahi vakit ayırmaya tenezzül etmiyor. Yokluğuyla yandığı tek bir an bile yok ki, kıymetine gönül versin. Âşık yanında olmasa da her an gönlünde taşır maşukunu. Yüreğinin içinde sesinin çınlamadığı bir an bile olmaz."

Telefon kullandığını görmemiştim pek. Yanında taşırdı bir tane ama ne çalardı ne de o arardı birilerini... Sevdiklerini telefonla geçiştirmezdi hiç. Tahir Amca'sını özlediğinde atlar giderdi mesela. Çat kapı dayanırdı dükkâna. Birkaç kez birlikte gitmiştik "Özledik geldik işte..." diye.

Özleyen kalkar gider görürdü zaten sevdiğini. Sesini duyup kapamazdı telefonu. Sahte bir avuntuyla geçirmezdi günlerini. Öyle ya... Telefondan haber almak sahte bir avuntu değildir de nedir? İçten içe bilirsin aslında emek vermediğin her ilişkinin bir gün bir yerinden çatırdayıp kopacağını. Emek verilmemiş dostluklar, arkadaşlıklar, akrabalıklar, ortaklıklar, aşklar, ilişkiler... Hepsi ama hepsi günden güne çürüyüp küçülmeye mahkûmdur. Bir telefonun konforuna terk edilmiş her ilişki kendinden yer sürekli...

Oysa Seyyah öyle değildi. Bana da sevdiğin için emek vermek gerektiğini öğretti böylece. Babam gibi bakıyordu özlemelere.

"Özleyeceksin sevdiğini, öyle sesini duyayım, bir mesaj atıp halinden haberdar olayım, sonra da günün geri kalanını keyfime göre rahat geçireyim olmaz. İnsanın aklı sevdikleriyle meşgul olmalı. Özlediğinde kalkıp gitmelisin yanına, mesajını değil gözlerindeki hasretini okumalısın, soluğunu işitmelisin yanında, yüzüne bakarak dinlemelisin derdini. Ancak emekle tutunur insanlar birbirlerine..." derdi.

Allah insanı en bildiği ve en sevdiği yerden sınarmış. Sevgiyi ve özlemeyi bu kadar saf ve temiz bilen Seyyah'a imtihan olarak benim seçileceğimi ve Seyyah'a hayatının en acılı günlerini yaşatacağımı bilseydim belki de onunla tanışmaya hiç cesaret edemezdim.

***

Seyyah hayatımda gördüğüm en çalışkan insanlardan biriydi. Kendini geliştirmeyi çok severdi. Onunla vakit geçirmeye başladığımızdan beri çalışkanlığının yanına derinlik de eklenmişti. Hayata karşı farkındalığını daha fazla dile getiriyordu artık. Doğru ve güzel şeyleri emen bir sünger gibiydi beyni... Hemen anlar, hemen hayatına katardı. Önyargılarla kuşatılmış bir dünyada herkeste olmayan bir özellikti bu.

Son konuşmamızda uzaktan sevmekten bahsetmiştik. Görmeden, duyamadan, konuşamadan sevmelerden...

Bu devirde büyükşehirde büyüyen bir erkeğin bu denli hassas olabileceğini tahmin etmezdim. İyi birisiydi. Emin birisiydi. Nasıl konuşuyorsa, içi de, düşüncesi de öyleydi. Çok duygusaldı, bana lisede tuttuğu günlüklerden bahsetmişti. Arkadaşları onu dışarıda oyunlara çağırırken bahaneler üreterek kaçışlarını anlatmıştı.

Bildiğini sanan yüreksiz insanlarla dolu bir dünyada koca yürekli bir çocuktu o. Belki de yalnız yaşadığı için hızlı büyümek zorunda kalmıştı.

Arkadaşları onu nereye çağırması gerektiğini bilirdi. Bir telefon davetiyle bir gününü yazık edeceği eğlencelere dalmazdı. Kimse lüzumsuz bir iş için onu çağırmazdı.

O gün, Eminönü'nde iskelenin demirlerine yaslanmış balık ekmek yiyorduk. Uzaklara bakar gibi oldu gözleri. Sanki bir şair İstanbul'a sesleniyordu. Sorular sordu hem bana, hem kendine, hem de gözümüzün önünde akan koca şehre.

Sahi kaç yaşında alışıyor insan bu dünyaya? Kaç yaşına geldiğinde unuturdu bir yaşam amacının olduğunu? Kaç yaşına geldiğinde sanki hiçbir amacı yokmuş gibi yaşamaya alışırdı? Kaç yaşında sevmeye alışırdı bir insan ve kaç yaşında yalnızlığa hazırdı?

İnsan, konuşabildiği biriyle hayat arkadaşı olmalıdır derler ya. Bence yeterli değil... Eksik bir görüş bu. İnsanın hem bıkıp usanmadan konuşabildiği hem de saatlerce birlikte huzur içinde susabildiği bir hayat arkadaşına ihtiyacı vardı.

Anladım ki insan tek başına dünyayı bile değiştirebilecek bir güce sahip. İçerisi değiştiğinde dışarısı da değişmeye başlıyordu çünkü, gördüm. İçeriyi onardıkça, dışarısı da tamir oluyordu. İçin güldüğünde, dışarısı da gülümsüyordu sana. Yani sen içindekini değiştirdiğinde, dünya da sana göre değişiyordu.

Belki de bir türlü tarif edilemeyen mutluluk buydu işte.

"Mutluluk, mutlu olmak için çabalamamaktır..." dedi Seyyah "Mutluluk çabayla olmaz, kendiliğindendir. Mutlu görünmek için hırpalamazsın kendini, zaten sende olanı kullanırsın. Sende duruyordur mutluluk."

"Ne güzel söyledin..." dedim. "Kendiliğindendir mutluluk."

İskeleden vapura binmeye çalışan son yolcuları işaret ettim. "Bak..." dedim. "Vapuru yakalamaktır mesela mutluluk."

Gülümsedi... Ekmeğinden kocaman bir ısırık alıp "Balık ekmek yiyebiliyor olmaktır mutluluk" dedi. Sinirli ve hızlı adımlarla bir yere doğru yürüyen insanların arasında yalnızca biz birbirimize gülümsüyorduk. Sırayla içimizden geldiği gibi cümleler kurduk mutluluğa dair.

"Kavurucu sıcağa rağmen serin bir gölge bulmaktır mutluluk."

"Annenden azar işiteceğini bildiğin halde çamurda yuvarlanmaktır mutluluk."

"Islak çimenlere çıplak ayaklarınla basmaktır mutluluk."

"Yağmurdan sonraki toprak kokusudur mutluluk."

"Pazar sabahı kendiliğinden uyanmaktır mutluluk."

"Günün ilk demli çayıdır mutluluk."

"Cebinde dolu bir istanbulkart bulmaktır mutluluk."

"Babanın omzunda uyuyakalmaktır."

"Sevdiğin semte evinden yürüyerek gitmektir mutluluk."

"Sevdiğin yazarın yeni kitabını okumaktır mutluluk."

"Birer balık ekmek daha yemektir mutluluk."

"Okuduğun kitabın kahramanıyla arkadaş olmaktır mutluluk."

"Konuşmadan anlaşabilmektir mutluluk."

"Buradan Vefa'ya yürümektir mutluluk."

En son tarifinden sonra yanaklarım kızarmış ve devam edememiştim.

"Sen anlatırken, sana bakmaktır mutluluk" demişti Seyyah.

Filmlerde duyduğum karnında kelebeklerin uçuşması tarifinin ne demek olduğunu anlamıştım o an. Çok da utanmış bir şey diyememiştim.

"Hava kararmadan yurda dönsem iyi olacak sanırım."

***

Fatih'in eski sokaklarında betonların arasında bile yürüyor olsan insan güzel hissediyor. Çünkü yapılarda insana dair şeyler görüyorsun, pencerelerin ahşabında, kapıların kollarında, binaların önünde aşınan mermer basamaklarda, bacalarda...

Eskiye dair bir şeyleri özlemek için illa yaşın da eskimesi mi lazım? Bir şeye özlem duymak için illa yaşamak mı lazım? Babandan dinlemek, kitaplarda izlemek yetmez mi? Yaşımın elverdiğince tattığım, yetişemediklerimi de dinleyip okuduğum o kadar çok şey var ki özlem duyduğum. Unutmayı sevmiyorum bu yüzden. Hatırlamak çok kıymetli geliyor bana.

Ancak hatırladığın zaman görebiliyorsun aslında değişen şeyin ne olduğunu. Değişen insanlar mıydı, koşullar mıydı, zaman mıydı, kültür müydü, doğa mıydı? Unutarak tarihten sildiğimiz her şey, bugünkü sancının ne olduğunu anlamak konusunda çaresiz bırakıyor bizi.

Mesela hatırlayın, salon oturmaları diye bir gelenek vardı daha düne kadar hayatımızda.

Neden salonlarda oturulurdu hatırlıyor musunuz? Çünkü sobalar salona kurulurdu ve evin sadece bu bölümü sıcak olurdu. Yazla kış kadar fark ederdi salonla diğer odalar. Aileyi bir arada tutan gizli bir bağdır kömür sobaları. Kimse soğuk odalara girmeye cesaret edemediği için, herkes salonda oturur, muhabbete katılmak zorunda kalırdı.

Macarcada soba, oda anlamına geliyormuş... Sobanın aileyi birleştirici gücünü inkâr edemeyiz. Demini almış, her an içilmeye hazır taze çayın fokurdayan suyu sadece odayı değil insanın kaygılarla kurumuş yüreğini de nemlendirir.

Sobanın üzerine yerleştirdiğimiz kestaneler emin ellerdeydi, bilirdik. Kışın soğuk algınlığından korunmak için mandalina yediğimiz doğru değil. Kabuklarını sobanın üzerine koyup kokusundan mest olmak için yerdik o mandalinaları.

Sobada kızartılan ekmekler de tereyağına emanet. Unutulmaz bir tarihtir eski sobalar. Kış akşamları dışarıda kar yağarken, salondaki sobanın içli ateşiyle kırmızılı sarılı ışıklar oynaşırdı duvarlarda. Sobanın korunda pişen patatesle hazırlanan kumpirin yeri ayrı tabii... Islak ellerimizi sobanın üzerine salladığımızda işittiğimiz "pıs pıs"lar da işin en eğlenceli şakası...

Sobanın karşısında önce misafirlere, yoksa evin çocuklarına rezerve bir divan durur muhakkak. Arka odalardan içeriye soğuk gelmesin diye rulo şeklinde kıvırıp salonun kapısı önüne koyduğumuz eski battaniyeyi unutmak istemiyorum mesela. Güdük Necmi'nin küçücük bir kömür sobasının içine nasıl sığdığını bir neslin çocukken aklındaki tek soruydu!

Salona yayılan çatırtılar evin bereketinin sesiydi. Huzurun sesiydi hatta. Sobalardan sonra insanlardan bir şeyler kopup gitti diye düşünüyorum. Yakınlık, sıcaklık, sohbet, masumiyet, paylaşım, dertleşme, iç dökme gibi insani reflekslerimiz de tükenip gitti. Yani koşullar değişince, alışkanlıklar da değişti. Eski sıcaklıklar, emekler, masumluk, samimiyetler sobaların sanayilere hurdalığa gitmesi üzerine bitti gitti. Bir tarih, başka bir tarihe evrildi.

Soba, güğüm, divan... Odaları değil sanki yürekleri ısıtırdı. Aileleri yaklaştırırdı birbirine. Kardeşleri sarıp sarmalardı sımsıkı. Şimdilerde kardeş kardeşin yabancısı...

Bu arada sobanın bu kadar nostaljik ve güzel anılarından bahsetmişken, o dünya güzeli annemin bembeyaz elleriyle bıkmadan, usanmadan sobanın külüyle, odunuyla, ters rüzgârıyla, nazıyla uğraşmasının da hakkını vermek istiyorum. Anneler, belki de meleklerin nasıl güzel olduklarını anlamamız için dünyadalar...

Belki hiçbirimiz özlemini çektiğimizin bile farkında değiliz, hatırlarken içimi buran bir çocukluk anısı da elektrikler geldiğinde odada yanan mumları ilk kimin söndüreceği yarışıdır.

***

Bu dünyada kendin olabilmenin nasıl zor olduğunu biliyorum. Küçükken annesinden tam isabet terlik almayan var mı? Orada başladı işte gücenmeyi ilk içime atmamız. Sonra kendi fikrimizi söylemeyi yasaklayıp sarı sayfalı kitapları ezberlememizi emreden hocalarla devam etti bu süreç.

Neydi dertleri bilmiyorum ama birbirini tanımayan insanların hep bir ağızdan aynı şeyi söylemesini daha ne kadar içimize atabilirdik ki? "Fikir üretme, sistem bu. Uy!" Bir yerde patlıyor insan. Bazen kendisine, bazen olaylara, bazen insanlara patlıyorsun işte.

"Allahım duyabilme kabiliyeti kadar anlayabilme kabiliyeti de verseydin ne olurdu?" dedirten insanlarla aynı anda yaşamak biraz yorucu açıkçası... İçinde koca bir hayaller okyanusu taşıyan bir genç kız açısından daha da zor belki de.

Bugün günlerden 14 Şubat. Ve tahmin edeceğiniz üzere yurttaki kızlarda bir telaş. Haberleri yokmuş gibi alacakları hediyeler ve sürprizler için hazırlanıyorlar.

Seyyah'la hiç konusunu bile açmadık bugünün, belki kafede denk gelir belki de gelmezdik. Hem biz sevgili bile değildik ki. Babamdan sonra iletişim kurabildiğim tek adam oydu. Elime dokunmamış, bana seni seviyorum bile dememişti.

Aylar olsa da birbirimizi tanıyalı vaktimiz olmamıştı böyle şeyler konuşmaya. Gökyüzünde dans eden iki uçurtma gibiydik ve birlikte gökyüzünü keşfetmek varken başka bir duygunun peşinden koşmak gelmiyordu içimizden.

Sahi seven iki insanın birbirine sürpriz yapması için her yıl belirli bir günün seçilmiş olması tuhaf değil mi? Adı sürpriz ise daha önceden belirlenmemiş bir günde yapılması gerekmez miydi?

Sevgililer Günü yerine, hediyeleşme günü koysalardı daha mantıklı olabilirdi. Seviyorum diyenlerin günü 14 Şubat, meşhur koşturmacalara imza atmaya devam ediyor.

Bugüne biraz ciddiyetle bakarsak, bunun Sevgililer Günü değil alışveriş yapmamız için yıl içine serpiştirilen onlarca günden yalnızca biri olduğunu anlardık. Bize adeta, "Seviyorsanız sevginizi ispat edin, hadi sevdikleriniz için para harcayın" demiyorlar mı?

Sahi, sadece benim aklıma mı geldi bu? Neden herkes sanki aynı gün tanışmış gibi aynı gün kutluyor bu günü? Aziz Valentine istediği için mi?

Bazı erkekler vardır, 14 Şubat'ları unutmaz. İki dakika önce kırdıkları gönlünüzü türlü hediyelerle almayı akıl ederler. Sosyal medyadan buldukları belki de pek okumadıkları şiirleri size gönderirler. Ama siz bunlara değil size dokunmaktan bile sakınanlara güvenin. Kadının nefis değil, nefes olduğunu bilenlere güvenin.

Eğer bir erkek bir kadını yalnız güzelliği için seviyorsa, yarın daha güzeli geldiğinde de onu sevmeye başlar. Ama sevdiği için güzel görebiliyorsa, sevdiğinin kendisi için en güzel olduğunu anlamışsa işte o adamın sevmeleri geçici değildir. Sevda yolu manayı bilenlerle yürünür, yüzünüzde bir sivilce çıkana kadar sizi seveceklerle değil.

Bu günleri önemsemeyenleri asosyal, uyumsuz insanlar gibi görenler çoktur muhtemelen. Biz sahteliğe, daha doğrusu sahte insanlara sabredemediğimiz için sosyalleşmeyi tercih etmiyoruz. Bu, bilinçli bir tercihtir. Uçmak için yaratılmış kanatlara sahip bir kuşun arkadaşları yalnızca kümeste vakit geçiriyorsa ve bu kuş kümeste kalmak yerine yalnız başına özgürlüğe kanat çırpıyorsa, arkadaşlarıyla bir arada olmadığı için asosyal mi sayılır?

Bu hayatta yalnız olduğumuz gerçeğini kabul edip, aile ve mahallenin bizi diğerlerine benzetme uğruna hakiki değerlerimizi arayışımıza mâni olmalarından kurtulduğumuz gün uçurtmalarımızı çatıdan indirdiğimiz gün olacak. Ve sımsıkı bağlayacağız uçurtmanın iplerini elimize, bir ömür savaşını verdiğimiz özgürlüğümüzü kaybetmeyelim diye.

Ama lütfen uçurtmanızın ipinin en ucunu tutun olur mu? Olabildiğince kavuşsun gökyüzüne.

***

Bu sabah alarm çalmadan uyandım. Bazen insanın içine sebepsiz bir huzur gelir, bazen de huzursuzluk. Hiçbir neden yokken ortada kalbinin tam ortasında iyi ya da kötü bir his gezer durur. Öyle bir sabaha uyanmıştım.

Hava henüz aydınlanmamıştı. Babamın en çok ettiği dualardan birini ettim: "Allahım bana zihin sakinliği ver."

Vakitlerin en güzeliydi seher vakti. Ufukta dünyanın en güzel çiçeği açmak üzere. Yanakları pembe bir kız çocuğunun dudakları gibi. İçi içine sığmaz insanın, tekdüzeliğe inat şeylerden biri. Güzel kuşlar boğazlarını temizliyor şarkı söylemek için, güzel çiçekler canlanmak için topraktan su emiyor ve güzel insanlar başlarını uzatıyor pencereden.

Gün, unutulduğuna üzgün. Kimler beni bekliyor diye ufuktan insanları gözetliyor. Belki şifa, belki feyiz, belki şükür dağıtacak. Gün, bu mahfuza kim talip olacak diye insanları kolaçan ediyor sanki.

Bir insanın herkes uyurken ayağa kalkabilmesi, gecenin ona teveccühüdür aslında. Hadi kalk der, gözkapaklarının arkasına saklanma. Uyan. Uyan ve uyan gerçeğe. Güneş ufukta yükselmeden sen yüksel.

Babam "Seher vakti gözlerini açan herkes bir yağmur sesi duyar. Pencerenin dışından değil, insanın içinden gelir bu ses. Melekler geceleri dua edip değişmek isteyenlerin içine temiz yağmurlar yağdırır" derdi.

"İnsanın ihtiyacı olan şey dünya eşi değil, muhabbet eşidir kızım. Ve sır, seher vaktindeki bir vakitte saklıdır."

Derslerimin yoğunluğu, vizeler derken birkaç gündür görememiştim Seyyah'ı... İki gecedir de erken yatıyordum zaten. Üşütmüşüm sanırım, hafif bir kırgınlık vardı üzerimde. Vitamin alıp dinleniyor, akşamları ders çalışıp uyuyordum.

İnsan sevince merak edilmek istiyor. Sevilmek, önemsenmek istiyor. "Acaba merak ediyor mudur?" diye düşündüm. "Ben ederdim" dedim sonra, o da ederdi öyleyse.

Kulüp toplantısına kalmadan doğruca kitap kafeye giderim diye planladım. Havalar da epey sertti son zamanlarda. Sıkıca giyinip çıktım yurttan. Mart ayının bahardan sayılması çok garip sahiden...

Kışın bile bu kadar üşüdüğümü hatırlamıyorum. Kırgınlığımın hastalığa dönüşmesinden endişe ediyorum aslında. Yataklara düşüp kendime çekilmek istemiyorum.

Ders arasında limonlu bir ıhlamur içtim sıcacık... Üzerine de vitaminlerimi alınca daha iyi hissettim. Neyse ki sınavım yoktu bugün. Son dersten sonra fırlayıp kafeye gittim. Her zaman oturduğumuz masaya geçtim. Seyyah yoktu henüz, gelmemişti. Saat de erken sayılırdı zaten. Öğleden sonra ya da akşamüzeri uğrayabileceğini düşünüp bekledim.

Yanımda getirdiğim kitabı açıp okudum. Sabahattin Ali'nin bir romanı...

> *"Tesadüf seni önüme çıkarmasaydı, gene aynı şekilde, fakat her şeyden habersiz, yaşayıp gidecektim. Sen bana dünyada başka bir hayatın da mevcut olduğunu, benim bir de ruhum bulunduğunu öğrettin."*

Ne güzel, ne kusursuz bir tarif...

Aşk değiştirmeli, yeni bir hayata ya da bambaşka bir düşünce biçimine kapılar açmalı. Bilmediğini öğretmeli insana, deneyimlemediği bir hissi tattırmalı insana, hem de en gerçek en dürüst yönüyle.

Sevdiğiniz bir kitaba kendinizi kaptırınca önünüzdeki çayı unuttuğunuz için buz gibi oluyor ama kitaptan anlayan iyi bir garsona denk gelirseniz hesaba yazmadan çayınızı yeniliyorlar.

"Kitap okuyanların çayı soğuduğunda ücretsiz yeniliyoruz" dedi garson.

Nasıl hoşuma gitmişti, iyi insanlara denk gelmek bizi mutlu etmeye yeterken nerden çıkıyor bu dünyadaki kaos inanın bilmiyorum. İnsana lazım olan tek şey yine bir insan ve o insandan duyabileceği nahif bir söz. Bu kadar. Mutlu olmak için sadece bu lazımdı.

Kitap bitmek üzereydi ama Seyyah hâlâ ortalarda yoktu.

İki gündür gelmediğim için mi kırgındı yoksa bana? Bu akşam da gelmeyeceğimi düşünüp uğramamıştı belki de. Hava da epey soğuk... Çıkmak istemedi belki de...

Kim bilir belki bir derdi vardı, işleri çıkmıştı, belki de okuldaydı.

Kitap bitti. Saat havayı karartmak üzereydi. İçimi rahatlatmaya çalışarak son çayımı da içtikten sonra hesabı istedim. İçimde tarif edemediğim bir hüzün, aklım karmakarışık kalktım masadan.

Kasanın başında beklerken "Hadi bir çay daha iç!" dedi bir ses omzumun üzerinden. Merakla dönüp baktığımda Seyyah'ı gördüm karşımda. Bayram çocuğu kadar sevinçle doldu o an içim...

"Nerelerdesiniz sayın yazarımız?" dedim.

"Lafügüzaf..." dedi. Şaşırdım. "Anlamadım?" dedim.

"Bugünkü kelimemiz..." dedi. "Lafügüzaf."

Masamıza dönüp oturduk birer çay söyledik.

"Boş sözler işte..." dedim. "Lüzumsuz konuşmalar."

"Dersten sonra biraz arkadaşlara takıldım, epeydir görüşmüyordum kırmak da istemedim artık. Lafügüzaf değildi bu sefer, gönül işleri varmış. Öyle olunca doktor gibi beni çağırıyorlar hemen. İyi geliyormuşum onlara. Ondan bu saatte ancak gelebildim."

"Ben de yeni geldim..." dedim. "Aslında öğlen geldim ama şu kitaba dalınca bitirmeden kalkmak istemedim. O kadar güzeldi ki bitince başka bir dünyadan buraya henüz gelmiş gibi oldum."

"Bugün ne öğrendim biliyor musun?" dedi Seyyah.

"Neymiş bakalım?"

Eline masadaki soda dolu bardağı alıp kaldırdı. Sonra "Sence bu bardağın ağırlığı nedir?" diye sordu. Belki iki yüz elli, belki üç yüz gram olabileceğini söyledim.

"Bu bardağı kaç dakika elim havada bu şekilde tutabilirim sence? Ya da şöyle sorayım, bardağı bu halde birkaç dakika daha tutarsam ne olur?"

"Kolun ağrımaya başlar sanırım."

"Bir saat boyunca tutarsam ne olur?"

"Kolun daha da ağrır, dayanamayabilirsin."

"Peki bir gün boyunca tutmaya çalışsaydım?"

"Mümkün değil, tutulurdun."

"Bardağın ağırlığı hiç değişmiyor ama değil mi?"

"Hayır... Hep aynı..."

"Önce beni etkilemediği halde, neden kolumun tutulmasına sebep olabilir bir ağırlık?"

"Sorun onu sürekli elinde tutuyor olman..." dedim.

"İşte bu..." dedi. "Bardağı bıraktığım an kurtulabilirim ancak bu baskıdan. İnsanın hayatında dertler değil, o dertleri bırakmayıp taşımaları soruna yol açar. Yani dertlerin kendileri değil, derdi kendine ne kadar yük edindiğindir mesele...

Gereksiz yüklerin hamallığından kurtulmalı insan. Dünya hayatı hep böyle... Adı dert bile olmayan dertlerin yükü altında ezilip geçmekle geçiyor ömür. Sıkıntıya birkaç dakika takılmak hasta etmez insanı. Ama bir sıkıntıyı lüzumsuzca taşımaya devam etmek öldürür bile. Dünyadaki sorunları değerleri kadar elimizde tutmak lazım, fazlası zarar. Bu bardağı ederinden fazla havada tutmaya çalıştıkça yorulacağız. Yani bardağı bırakmak lazım."

***

"Bizim Birlik Dükkânı'nda dinlediğim bir hikâye var, dilersen o hikâyeyle kapatalım bugünü?" dedim.

"Hem de ne güzel olur..." dedi.

"Sana Kays ile Leyla'yı anlatacağım bu kez... Kays bir şairdir. Kays Leyla'yı sevince mi şair oldu yoksa hep mi şairdi bilemem. Ama aşka Leyla'yla kavuştuğu muhakkak..."

"Onlar kavuşamadılar ki ama?" dedi Seyyah...

"Leyla'sına kavuştuğunu söylemedim ki zaten..." dedim. "Aşkına kavuştu. Söylentiye göre, Kays ile Leyla kardeş çocuklarıdır. Küçük yaşlarda birbirlerini severler. Leyla ve Kays çok küçükken, okul yıllarında birbirlerine âşık olurlar. Kısa zamanda kulaktan kulağa, dilden dile yayılan bu büyük aşkın söylentisi Leyla'nın ailesine de ulaşır. Bunun üzerine Leyla'nın annesi onu okuldan alır, Kays'la görüşmesini yasaklar. Ayrılık ıstırabıyla mahvolan Kays, halk arasında, Arapçada 'deli' anlamına gelen 'Mecnun' diye anılmaya başlar.

Bu sevda yüzünden çöllere düşer. Herkes Mecnun'a bu aşkı unutmasını tembihler ama ne fayda? Mecnun için hayatın sadece bir hakikati vardır ki o da Leyla'nın aşkıdır. Kays'ın babası oğlunun derdini öğrenince Leyla'yı ailesinden ister ama Kays artık bir mecnun olduğu için kızın ailesi bu izdivacı onaylamaz. Kays'ın babası derdi hafiflesin diye oğlunu Kâbe'ye götürür ama oğlu derdinin dinmesi için değil, artması için yakarır. 'Ya Rab, beni aşk belasıyla tanıştır, bir an bile olsun beni aşk belasından ayrı düşürme...' diye dua eder. Böylece derdi daha da artar Mecnun'un... Gece gündüz çöllerde dolanır.

Leyla'nın da Mecnun'un da hali içler acısıdır artık. İkisi de perişandır. Başka bir adamla evlendirilen Leyla, kocasından kendini uzak tutmak için bir hikâye uydurur, sonrasında adam ölür. Bu sırada Mecnun çöldedir ve aşk ateşiyle yanıp kavrulmaktadır. Dünya işiyle bağı kesilmiştir artık.

Leyla bir gün çölde bulur Mecnun'u ama sevdiği adam tanıyamamıştır onu. Yabancı gibi bakar yüzüne. 'Leyla benim içimdedir, sen kimsin?' der. Sevdiği adamın eriştiği makamı anlayan Leyla kendi hayatına geri döner. Çok geçmeden de ölür.

Mecnun, sevdiğinin mezarına gelip ağlar, 'Ya Rab manâ cism ü cân gerekmez, cânânsuz cihân gerekmez' der ve oracıkta can verir.

Bir müddet sonra Mecnun'un sadık arkadaşı Zeyd, rüyasında cennet bahçelerinde birbiriyle buluşmuş iki mesut sevgili görür. 'Bunlar kimdir?' diye sorunca, derler ki: 'Bunlar Mecnun ile onun vefalı sevgilisi Leyla'dır. Aşk yoluna girip temiz öldükleri, aşklarını dünya hevesleriyle kirletmedikleri için burada buluştular.'

Leyla ile Kays hikâyesinde seven ve sevilen bir olmuştur. Kays, kendini maddeden soyutlamış, sevdiğinin manasına kavuşmuştur. Bu kavuşmadan sonra seven ve sevilen diye iki kişiden bahsedilmez. Ruhları ilahi bir kavuşma içindedir. Bu yüzden Kays, Leyla'sını dışarıda değil çölde aramıştır yani kendi içinde, ıssız bir çöle benzettiği yüreğinde. Mevlana'nın dörtlüğü de bu hikâyeyi çok güzel tamamlar..." diye bitirdim sözümü ve okumaya başladım:

"Ey can, ey gönül! Sevgili bizim, misafirimizdir.
Neyimiz varsa, misafirimizin ayaklarına dökelim.
Ey Fuzuli! Sevgilinin kastı, canımızı almakmış.
Gel... Güzel uğruna can vermeyi kendimize bir borç bilelim."

Çayından son bir yudum alıp saatine baktı. Artık beni yurda bırakması gerekiyordu. "Ben de bir hikâye anlatayım o halde sana..." dedi. "Sonra da kalkalım. Gecikme."

"Olur..." dedim. Heyecan içinde anlatacağı hikâyeyi bekledim.

"Eski zamanların birince iki sevgili varmış. Ayrı düşmüşler birbirlerinden. Aralarından kocaman bir nehir geçmiş. Nehrin iki uzak ucunda kalmışlar karşılıklı... Yılda sadece bir kez karşı tarafa geçebiliyormuş genç adam. Her yıl aynı gün nehrin kenarında buluşur, hasret giderirlermiş. Sonrasında delikanlı sevdiğiyle vedalaşır, yüzerek geldiği yere, suyun karşı tarafına geçermiş...

Yine bir vuslat günü gelip çatmış... Delikanlı heyecanla kendini nehre atmış ve yüzerek karşıya geçmiş. Sevdiği kızı her yıl olduğu gibi beklerken bulmuş. Sarılıp hasret gidermişler. Göz göze diz dize oturup hasbihal etmişler. Veda zamanı gelince delikanlı yıllardır fark etmediği bir şeyin farkına varmış. Kızın gözlerinde bir tuhaflık varmış. Göremiyormuş kız... 'Sen âmâ mıydın?' diye sormuş. 'Sen, sen ol, sakın ha bu azgın nehrin sularına dalma bu gece!' demiş kız. Delikanlı dinlememiş ama.

Kız ne kadar yalvarıp yakarsa da delikanlıya sözünü dinletememiş. Delikanlı suya dalmış ama karşıya geçememiş. Suda boğularak kaybetmiş hayatını.

Aslında delikanlı en başından beri yüzme bilmiyormuş. Ama aşkın körlüğünden yüzerek geçiyormuş karşıya. Sonra sevdiğinde kusur görmeye başlayınca aşk bitmiş ve delikanlı yüzemeyip can vermiş."

"Evet..." dedi. "Âşık olduğunu söylemek bir iddiadır ve bunun ispatı gerekir. İspatı da o aşkın yolunda çekilen dertlere katlanmaktır sanırım. Senin anlattığın hikâyede Mecnun'a, 'Ey Mecnun, senin Leylan kara kuru bir kız, ne buldun ki onda?' dediklerinde Mecnun'un, "Ah Leyla'mı bir de benim gözümle görebilseydiniz...' demesindeki sır gibi yaşanmalı sanırım aşk."

Onunla konuştukça hafiflediğimi, ruhumun diğer yarısıyla konuştuğunu hissediyordum. Kendime geliyordum.

Kendimi beyazdan yeşile dönmeye çalışan çiçek öncesi bir bitki gibi hissediyordum. Aylardır yaptığımız muhabbetler beni de onu da değiştirmeye başlamıştı. Gönül sevince inceliyor. Hassas gönül, kırıldı kırılacak oluyor.

Öğrenen miydim yoksa öğreten mi? Bilmiyordum. Bir insan hem öğretmen hem öğrenci olabilir mi? Gitmek, vardığın yerden bakınca gelmek ise, gelmek illa ki bir şeylerden gitmek değil miydi?

Sanki hep İstanbul'da kalacakmışım gibi, buralardan gitme fikrini rafa kaldırmış, bir rüya içinde ahenkle yüzüyordum. Sevmek, yâr uykudayken doğacak güneşin nöbetini tutmak değil miydi? Ve bir insan ömrünün ortasında yeniden doğabilir miydi?

***

Yurda dönüş yolunda Süleymaniye Camii civarında mezarlığın yanından geçerken "İnsanlar mezarlıklardan korkar. Özellikle geceleri. Ama hiçbir mezarlığın birine zarar verdiği görülmemiş. Her gün kuyumuzu kazan insanlardan korkmayız da, zararsız ölülerden korkarız" diye başladım anlatmaya...

"Seni dinleseler onlar da sever bence" dedi.

O kadar güzel dinliyordu ki, dinledikçe anlattım, anladıkça dinlemesi daha da güzelleşti. İnsanın içine atılmış sihirli bir tohumdur bilinmeyene karşı duyduğu çekicilik. Ve bu bilmeyenleri daima bilmeye, bilenleri de anlatmaya doğru meylettirir. Birlikteyken hiç olmadığı kadar kendimize gelmemiz de bundandı işte. İkimiz de ilk kez anlayabilecek ve anlatabilecek birini bulmuştuk.

Yurda dönünce sabah içimdeki huzursuzluğun sebebi zihnimde netleşmeye başlamıştı sanki. Neden kötü hissettiğimi çözmüştüm. Bir yıllık değişim programımın son iki ayına girmişti. Bu iyi bir haber değildi.

Peki ne olacaktı? Ne bu küçük yüreğe ne olacağını ne de o kocaman yüreğe ne olacağını biliyorum. Bilinmezler denizinde birbirinden ayrılmış ama ihtiyaçları birbirinde kalmış iki kayık gibi kalacağımızı bilsem, gelir miydim İstanbul'a?

Odaya yerleştikten sonra uzanarak biraz kitap okumak istedim. Gözkapaklarımın ne zaman düştüğünü bilmiyorum ama kulağımdaki sivrisineğin sesini saatlerce tarif edebilirim size. Uyurken başımı refleks olarak çokça kez sallamış olacağım ki, sanki kollarıma yemek masası kurmuş bu sinekten birkaç ısırıkla kurtulmuştum. Kollarımı yerken değil de kulağımdan da bir ısırık almak isteyince hata yaptığını anlaması geç oldu. Gece üç. Kızlar uyuyor. Kitabımın üzerine yüzümü dayayıp uyumuşum. Kalkınca uykum kaçmıştı. Bir şeyler yazmak istedim sonra...

Sevgili beyaz kâğıtlar...

Yetmiş yaşına gelsem ve minik bir çocuk çıksa karşıma, "Anlatsana..." dese, herhalde ne kırklar ne altmışlar, on sekizime döner, yani bugünlerimden başlardım anlatmaya. Hayatın bütün heyecanını üzerime biriktirmişler gibi hissediyorum.

"Sözüm el gün için değil, sevenlere bir söz yeter

Sevdiğimi söylemezsem, sevmek derdi beni boğar..."

Yunus Emre demek bundan yazdı bu dizeleri. Demek bundan yazılır tüm şarkılar. Filmler demek bundan çekilirler... Ve insanlar demek bundan bu kadar çok seviyorlar. İnsanın ihtiyacı olan şey bu, eksik bir yanını tamamlamak.

Uzun süredir yazmıyorum size bir şeyler. Bana kızmayın olur mu? Seyyah'tan dinliyorum yazmayı düşündüklerimi. İnsanın kâğıtlardan öte, mürekkepten öte bir lisanla pişebildiğini öğrendim. Sevince, bir ince düşünce bütün ruhunu inceltiyormuş insanın. Yani bilmekte değil mesele, bildiğinin farkına varmaktaymış.

Mesele ne dalda, ne karıncada. Mesele karıncanın, o güzel dalın üzerinde yürüyebildiğini hissetmesinde. Ne kulakta marifet, ne dalgaların o zihinlere sakinlik dağıtan o sesinde. Mesele, insanın dalgaların sesinin zihnini sakinleştirdiğini hissetmesinde.

Mesele ele, kulağa, beyne, kalbe sahip olmakta değil, mesele, insanın aşk için yaratıldığının farkına varmasında.

Sevgili beyaz kâğıtlar sizden bir şey istesem olur mu? Gidin ve Seyyah'ın en iyi arkadaşları olun. Onu dünyanın aşkı, en güzel yazan adamı yapın. Onun en büyük sırdaşları olun, olun ki, eğer bir gün ben gidersem Seyyah bitmesin. Devam etsin.

Size vasiyetim olsun beyaz kâğıtlar, bir gün gelir de gidersem, Seyyah'a şunu söyleyin: "O gitti Seyyah, ama hadi sen anlat. Anlatmak değil, anlaşılman mükâfat olana kadar anlat."

Sevgili beyaz kâğıtlar...

Her gördüğümüze daha ilk günden ne kadar hazırız "Bu kalp artık senin..." demeye ve insanlar ne kadar hazır bizi ilk gördüklerinde "Kalbim artık senin..." demeye. Nereye kadar gidecek böyle? Ne zaman ilk gördüğümüz kişiye kalbimizi adama çabasından vazgeçeceğiz?

Hadi ilk gördüğüne verdin, ikincisine ne vereceksin, üçüncüsüne, dördüncüsüne? Böyle hızlıca eskitilen sevdaların devrinde ne de kolay bir şey kalbini bağışlamak birilerine.

Kalp, ait olanındır. Gönül, mayasındakini sevebilir ancak. Bu kalp kimden geldiyse ona gidecektir. Ancak kalbin kime ait olduğunu bilenler hakkıyla sevebilir. Seviyorum deyip sevmeyi beceremeyen bir dünya kalabalığının arasında sıkışıp kalmışız.

Gerçekten ve güzel sevebilen insan avuçlarında kelebek tutar gibi saklar sevdiğinin kalbini ve bilir sevdiğinin Allah'ın bir emaneti olduğunu...

Bu dünya her zaman tahammül edilesiydi, ancak biz öyle bir zamanda doğmuşuz ki, yaşanabileceklerin en zoru belki de. Mamafih, yaptığımız şey yaşamak değildi zaten, sabretmekti. Olabildiğince sabretmek. Olabildiğince Allah için sabretmek.

Peki bu sabır beni nereye taşıyacaktı? Çekirdeğini gömdüğüm meyveler büyüdüğünde bereketli bir ağaç olacak mıydı? Aynı şehrin havasını mı soluyacaktık, yoksa başka şehirlerde mi kalacaktı ayak izlerimiz? Düşünüp duruyordum bütün bu sorularımın cevabını.

Bir güneşin arkası kalmıştı, derdimin çaresini aramadığım. Bir yansıma sızdı rüyalarıma. Onu gördüm dün. Dünya dönüyor muydu o vakit bilmiyorum. Onu gördüm. Öyle güzel bir tevafuktu ki hiç bitmesin istemiştim.

İçsesim, aklım, babamın nasihatleri bana gitmem gerektiğini söylüyordu. Ama içerlerde bir yerde özenle yerleştirilmiş birkaç hücre tir tir titriyor, nasıl kıyacaksın da gideceksin diyordu. Yağmur bu kavgaya nispet yaparcasına bardağıma çayımı koymak üzereyken yağmaya başladı. Milyarlarca damla, ahenkle birbirlerine değmeden babamın küçükken benim başımı okşaması gibi okşuyordu sokakları.

Hayatımda tanıdığım en güzel insandı o. Öylesine alışmıştım ki ona, babamın yanında bile eksik kalacağımı düşünüyordum.

Çok da anlatmaya gerek yok aslında. Bazılarını durup dururken özlersin işte. Eksiksindir, yarım bırakmıştır. Bazıları vardır ki, onlar gittiğinde ister istemez yarım kalırsın. Onların yokluğuyla açılan boşluk doldurulamaz. Mümkün değil... En çok istediği şeylerin hiç ummadığı zaman geleceğini düşünür insan. Ve artık ummaktan bile korkarsın.

***

Haftalar birbirini kovaladı, günler sanki bir yarıştaymış gibi hızlandıkça hızlandı. Soğuklar yerini sıcaklara, dersler yerini sınavlara bıraktı. Belki de saydığım için, son iki ayın nasıl geçtiğini hatırlamıyorum.

Sabah yurttaki kızlardan biri "İstanbul da buraya kadarmış..." deyince içim ürperdi. "Sonunda dönme vakti geldi. Herkes memleketine, kendine, hayatına kaldığı yerden devam."

Bugün perşembe ve son sınavıma girecektim öğlen saatlerinde. Önümüzdeki bir hafta içinde de bütün yurt boşalacaktı. Anlayacağınız, bu akşamdan sonra yurtta bol bol vedalaşmalar ve valizler görecektik.

Düşündükçe gözlerim doldu. Boğazım düğümlendi. Dokunsalar ağlayacaktım. Ne yapacaktım ben Konya'da Seyyah olmadan? Saatlerce dışarıyı izliyorum pencereden. Ne gökyüzünü görebiliyorum ne bulutları... Boş, amaçsız, içler acısı bir halde bakıyorum her şeye...

Yakında Konya'ya döneceğim gerçeğiyle yüzleşmeye hiç hazır değildim henüz. Konuyu Seyyah'a açmaya da çekiniyordum. Korkuyordum konuşacaklarımızdan, ya da konuşamayacaklarımızdan. Dile getirdiklerimiz de olacaktı, söze dökemediklerimiz de. Onunla bir ayrılık üzerinden kararlar almak çok ağır geliyordu.

Sessiz sedasız çekip gitmeli miydim acaba? Vedalaşmalı mıydık yoksa? Bir daha görüşemeyeceksek vedalaşmak unutulmaz, acıklı bir anı olarak kalırdı aklımda ki Seyyah'la ilgili acı hiçbir şey hatırlamak istemezdim.

Ama böyle vedasız bir gidişi kimse affetmezdi. Ben de affedemezdim kendimi.

"Sen ve ben... Ne sen varsın ne de ben, bir olmuşuz aşk elinden..." der ya Mevlana, işte biz de sanki bir olmuştuk... Seyyah Fesleğen'leşmiş, Fesleğen Seyyah'laşmıştı. İkilik her geçen gün damla damla eriyip gitmişti aramızda. Ne var ki bundan sonrası büyük bir bilinmezlik, korkunç bir süreç benim için...

Üzerini çizeceğim gün kalmadı neredeyse. Dönme vakti geldi. Nasıl da geçiyor zaman. Öyle pişerek geçiyordu ki, yürüyüşüm de, gördüğüm rüyalar da, halim de, her şey değişmişti. Geceleri sık sık okur yazar olmuştum. O gün konuştuklarımızın etkisinde kalarak hayallere dalıyor ve bir şeyler karalıyordum kâğıtlara. Seyyah'la yazdıklarımızı sık sık değiştirir, üzerlerine notlar alırdık. Tek sorun bu vakitlerin mütenahi oluşu. Bitiyordu, korktuğum güne her gün biraz daha yaklaşıyorduk.

Gitme vakti geliyor. Ne yapmak lazım? Kalmak mı lazım dönmek mi? Bana kızar mıydı? Anlaşılamamak bu kadar acıyken, bir insanı çaresizce kimsesiz bırakmak daha da dayanılmaz bir ıstırap olmayacak mıydı? Gitmeli miydi kalmalı mı? Yanmalı mıydı sönmeli mi? Yanıp da olmalı mıydı yoksa sönüp de ham mı kalmalı?

Gidersem eğer, affeder miydi? Ben kendimi affeder miydim?

Bir insan onun muhabbetine bağlılığımı hissediyor olsaydı eminim ki kalmayı tercih edecekti. Peki ben neden bunu düşünüp duruyordum? Çünkü babam bana öyle bir zemin hazırlamıştı ki, o zeminin üzerine yanlış bir şey inşa etmekten korkuyordum.

Nasipten saklanamazdın nasılsa, nasipse, nereye gitsem gelir beni bulurdu. Kalmak, gitmek, sevmek, ölmek, tüm kelimeler birbirine benzemeye başlamıştı.

Aklımı sol elime, kalbimi sağ elime alıp konuştursaydım mütereddit kelimesi üzerine birkaç kitaplık konu çıkardı.

Dünya tamamen yalan baba. Hiçbir şey beni tatmin etmiyor. Ne yapsam yapmadıklarımdan bana kalan bir suçluluk hissediyorum. Gitgide küçülüyorum öğrendiklerimin yanında. Ne yapmam gerek bilmiyorum. Gitmeli miyim? Kalmalı mı? Baba, seni özlüyorum.

Yarayı açan da yaraya derman da aynı kişi olabilir mi? Yarama merhem süremem ki seni, yaram da, dermanım da sensin. Biliyorum, sevmenin tek dermanı kavuşmak değil, daha çok sevilmektir. Kavuşmak, bize anlatılan dermandır. Ama daha çok sevmek, sevip de kavuşamamak işte bu hadisenin varacağı yer

Allah'a kavuşmaktır. Uzaktan sevmenin dermanı, imanını artırmaktır. Eğer özlemekten ölmezsem.

Bazen gitmek gerekiyor işte. Hayatının en güzel gökyüzünde de uçuyor olsan, kuşların en güvenli yuvaları kendi kanatlarıdır.

***

Öğlen sınavımdan sonra kafede edebiyat kulübü vedalaşmasına katıldım. Toplantımızın bitimine yakın Seyyah da gelmişti, güneş hadi çıkın yürüyün der gibi tepemize geçince dışarı çıktık. O gün Seyyah'la Sarayburnu'nda yürümüştük... Gülhane Parkı'ndan geçip Arkeoloji Müzesi'ni gezdik sonra. Esra İstanbul'a hiç gelmemişti ama burada yaşayanlardan daha iyi bilirdi tarihi yerleri. Anlattıklarından hatırımda kalanları paylaştım Seyyah'la.

Sultanahmet tarafında küçük bir kafeye oturup dondurmalı tatlı söyledik. Üzerine de buz gibi su... Çok yürümüş, çok da yorulmuştuk. "Neyin var Fesleğen?" diye sordu.

"İyiyim, neden sordun ki?" dedim yarım ağızla. Bir bardak soğuk su daha söyledim.

"Aklın pek buralarda değil gibi ama..."

Derin bir nefes alıp ağlamamaya çalışarak konuştum. "Okul bitti artık..." dedim. "Haftaya döneceğim Konya'ya..."

"Biliyorum" dedi Seyyah. Kendinden emindi.

"Cumartesi sabah kafede bir kahvaltı ısmarlasam? Moralin düzelir mi?" dedi.

"Olur" dedim. Birkaç damla da olsa sular serpilmişti yüreğime. Kahvaltıda oturup konuşurduk ne de olsa. Onun içindi bu kahvaltı. Konuşmamız içindi. Herhalde bir şeyler söylerdi. Belki bir planı vardı, belki bir şiiri belki de bir sevdiği...

"Öyleyse önce bir çay, sonra dün kitaptan okuduğum bir hikâye?" dedi Seyyah.

"İstersen bu sefer kahve olsun" dedim.

Kahveleri söyledikten sonra Seyyah anlattı. Ne içtiğimiz son kahvenin ne de yaptığımız son muhabbetin bu olacağını biliyordum...

"Zamanında bir padişah ordusuyla bir fethe çıkar. Şehri aldıktan sonra şehrin ortasına bir çadır kurarak bir süre orada konaklar. Çadırın temizlik ve yemeklerini yapmakla görevli bir cariye tutar.

Sultan çadırdan çıktığında cariye çadıra gelir temizliğini yapar ve yemeklerini hazırlar, akşam vakti sultan geri döndüğünde de cariye çadırdan çıkarmış.

Bu işler sırasında cariye padişahı birkaç kez görür ve âşık olur. Ancak büyük bir sorun vardır. Bir tarafta koskoca cihan padişahı diğer tarafta basit bir cariye. Cariye günden güne dertlenir bu sevda ile erir, zayıf düşer. Düşünür, düşünür. Ancak hiçbir çözüm bulamaz. Sıradan bir cariye nasıl olur da hanın karşısına geçer konuşur?

Haftalar, aylar derken vakit geçer. Bir gün cariye koskoca sayfaya üç kelime 'Derdi olan neylesin?' yazar ve sultanın masasına bırakıp çadırdan çıkar. Akşam çadırına dönen sultan masasındaki kâğıdı görür ve biraz düşündükten sonra üç kelimenin altına kendi de üç kelime yazar ve kâğıdı yine aldığı yere bırakır: 'Derdi neyse söylesin.'

Sabah olunca cariye heyecanla çadıra temizlik yapmak üzere gelir ve kâğıdı arar gözleri. Dün akşam bıraktığı yerde beklemektedir o büyük umut. Hemen mektubu alır ve okur, heyecanı daha da artmıştır. Kâğıdın altına yazar ve tekrar masaya bırakır: 'Korkuyorsa neylesin?'

Akşam çadırına dönen sultan yeni notu görür ve cevaplar: 'Hiç korkmasın, söylesin.'

Ertesi gün bu cevabı gören cariye artık sevdasını anlatması gerektiğini düşünmüş ve cesaret toplamıştır. Sultanın dönüş saati gelmiştir sonunda.

Cariyenin sultan karşısında gönlünü dile dökmesi kolay değildir. Heyecandan yüzü kıpkırmızı olur. Kalbi yerinden fırlarcasına atarken titrek sesiyle, 'Efendim...' der. 'Cariyeniz...' diye başlayacakken yüreği dayanamaz ve 'Allah!' diye feryat ederek oracıkta can verir.

Cariyenin kalbine sığmayan aşkı ruhunu teslim almıştır. Bu tertemiz, saf aşk karşısında koca sultan gözünden damlayan yaşı silerek arkasındaki vezire şöyle der: Gerçek aşkı işte şu cariyeden öğrensinler. Âşık, zikri bırakmadan maşuku için ölene derler. Öyle temizmiş ki, buraya kadar maşuku için gelmiş, son kelimesi Allah olmuştur."

Seyyah bir hikâye değil bizi anlatmıştı adeta. Ama bu hikâyede gerçek aşk için buluşmak değil ayrılık lazım deniyordu. Cariyenin aşkının saflığını düşünürken araya giren ayrılığın korkusu beni sarmıştı.

Korkma Fesleğen demiştim. Nasılsa kahvaltıda konuşacaksınız. O gece yalnızca dua ettim, cumartesi hemen gelsin istedim. Hemen konuşalım istedim. Ama öyle olmadı.

Seyyah'ı bir daha hiç görmeyeceğimi bilseydim, o akşam yurda dönmezdim.

***

Cuma günü okuldaki son işlerimi hallettim. Arkadaşlarla da vedalaştım. Konya'daki okuluma geçmek için yapmam gereken işleri de bitirdim. Tekrar İstanbul Üniversitesi'ne uğramam gerekmeyecekti. Akşam yurda döndüğümde yaptığım tek şey ertesi günü beklemekti. Sabah erkenden ilk iş Seyyah ile kahvaltı yapmak üzere kafeye gitmekti...

Cumartesi sabah 08.00

Sabah telefonumun sesiyle uyandım. Arayan babamdı. "Hayırdır inşallah" dedim. Hiç bu saatte aramazdı.

"Nerede bakalım benim güzel kızım?" dedi.

Öyle çok özlemişim ki onu sesini duyunca fena oldum.

"Çok özlemişim seni babacığım" dedim.

"Hadi neredesin? Karnı aç baban yoldan geldi, ne yedireceksin bana bakayım İstanbul güzeli?"

"Baba! Sen buraya mı geldin yani, nerdesin?"

"Aşağıdayım."

Telefonu kapattığım gibi fırladım aşağıya... Sarıldım koca çınarıma. Kokladım boynundan, nasıl özlemişim. Nasıl bir sene kokusunu almadan, gölgesinde dinlenmeden durmuşum. Büyüdüğüm toprak, soluduğum hava canım babam.

"Çok özlemişim canım babacığım" dedim, gözlerim yaşlıydı artık, dayanamamıştım.

"Ben de çok özledim minik kuzumu" dedi dünyanın en güven veren sesi.

"Nasıl geldin, nerden geldi bu sürpriz aklına babacığım?" dedim. Ama daha doya doya yüzüne bakamamıştım, sadece sarılıyordum. Bir şey anlatmama gerek yoktu, babama sarılınca her şey geçerdi nasılsa.

Babama bakınca gözlerinin nemli olduğunu gördüm, belli ki o da çok özlemişti beni. Alnımdan öpüp göğsüne bastırdı başımı.

"Beni görünce mutlu olursun diye habersiz geldim..." dedi. "Meğer ikimiz de ne dert yüklüymüşüz, hasretle dolup taşmışız güzel kızım."

Hayatımda kimseye yalan söylemedim. Sahaf Baba'nın kızıyım ben... Yalan konuşamam... Ama işin aslı Seyyah'ı anlatmaya da varmıyordu dilim, utanıyordum.

Ağzımı açtığım an sevdalı bir kız çocuğu olduğumu anlardı babam. Seyyah'la ilgili bir satır konuşsam, yüreğimin başkasının aşkıyla dolup taştığını sezerdi. Elbet kızmazdı, elbet tutardı elimden. Bana güvenirdi.

Bir yanım babama güvenle açılmamı salık verirken diğer yanım susmamı öğütlüyordu.

Hem ne anlatacaktım ki anlatsam? Ne vardı ki konuşacak? Hayatımda ilk kez biriyle çok güzel anlaştım mı diyecektim? Yazılarını, muhabbetini çok sevdiğim biri mi var diyecektim? Daha Seyyah ile hiçbir şey konuşmadan babamla ne konuşacaktım? Seyyah ile konuşmaya cesaretim olmamışken babama ne anlatabilirdim? Adını bile bilmediğim birini nasıl anlatabilirdim? Açamadım yüreğimi...

Kuzenimin nişanını kaçırmamayım diye sürpriz yapıp İstanbul'a bir hafta erken gelip götürmek istemiş beni babacığım. Birkaç tane de kitap alacakmış sahaftan. İki işi hallederim diye çıkmış yola. Finallerimin bittiğini bildiği için erken gelmekte sakınca görmemiş.

Ne olacağını bilmiyordum. Ne yapacağımı bilmiyordum. Eğer Konya'ya dönersem nasıl dayanacağımı bilmiyordum. Yardım et Allahım diye dua etmekten başka bir seçeneğim yoktu.

Hayat tevafuklardan ibaret. Bazen öyle anlar yaşıyorsunuz ki, bir plana dahil, istenilen yere doğru isteseniz de istemeseniz de yürüyor gibi hissediyorsunuz kendinizi.

Bazen olur. Kötü olur, ama olur. Bir an bile olmasın dersin ama yıllarca sürer. Size iyi gelen insanlar uzakta olur hep. Bir daha asla görüşemeyeceğiniz insanlardan uzaklaşmak üzere olduğunuz o ilk anda hissettiklerinizi hatırlıyor musunuz? Çok zordur.

Seyyah ile aramızda seçtiğimiz son kelimemiz "hicr" idi. O seçmişti. Sanki kendi elimle ateş etmemi istemişti.

Öyle bir kelime ki, nasıl türetirsen türet, bir yanını acıtıveriyor insanın. Hicret desen bir yanın kopup gidiyor sevdiğinden, hicran desen kalan yanın yanıp duruyor aşkından.

O son gün okuduğumuz bir kitaptan sonra Seyyah başını kaldırıp bana "Seven sevdiğini bırakır da nasıl gider?" diye sormuştu. Gideceğimi bildi de mi sordu, anladı da mı sordu bilmiyordum. Hiçbir şeyi bilmediğim gibi, muhtelif düşüncelerin içinde ne diyeceğini düşünmeden çözülüverdi dilim, sesim korku dolu ve zayıftı...

"Gitmeyecekmiş gibi neyi seversen, sevdiğin şeyin gidesi gelir hemen. Kırk yıl kalası olanı bile Allah'tan öne koyduğun an gidesi gelir. Öyledir işte bu dünyanın kuralı. Kalanları sen sevmezsin, sevdiklerin de giderler zaten. Gittikleri yerde kalırlar mı? Allah'tan çok sevilenler hep giderler, hiçbir yerde hiç kalmadan öylece giderler işte. Hem gelmek, bir anlamda da 'Vakti gelince gideceğim bak, ona göre sev beni...' demek değil midir?"

Sessizlik çökmüştü.

Sizin son gününüz olsa ne yapardınız? Gider miydiniz, kalır mıydınız? Peki, ben ne yapmalıydım? Gitmeli mi, kalmalı mı?

Babam bana elif harfini anlatırken, "O dosdoğru bir yoldur kızım, sevmelerin de, samimiyetlerin de, Allah ile muhabbetlerin de en güzeli o harfin içine gizlenmiştir. Başına ne gelirse gelsin sen o dosdoğru yoldan ayrılma, vardır bunda da bir hikmet de ve o yoldan ayrılma kızım" demişti.

***

Samimi olduğum kızlar bir gün önce ayrılmışlardı yurttan. Kalanlarla vedalaştım. Önceki gün bir hafta daha yurtta kalacağımı söylediğim için gidiyorum dediğimde şaşırdılar. Hepsi önümüzdeki günlerde döneceklerdi memleketlerine. Birlikte geçirdiğimiz bu bir yıl için hepsine teşekkür edip helallik aldım.

Aklımda Seyyah, yüreğimde Seyyah... Kalbimi ayaklarımın altında eziyordum. Merdivenlerden inmemi izledi babam, sonra da bana doğru yaklaşarak valizlerimden birini aldı. Gözlerime baktı ve "Gidelim mi güzel kızım?" diye sordu.

Sol yanağımdan usulca bir yaş süzüldü. Az evvel kuru olan gözlerim şimdi hüzün doluydu. Görmesin diye hemen sildim avucumla. Gözlerimin içinde biriken denizlerden tek bir damla kaçabilmişti dışarıya. Sıktım avucumu. Sımsıkı sıktım. Bu gözyaşı, bir ömür avucumda taşıyacağım kora dönüşüyordu sanki... Bir kor taşıyacağım artık avucumda baba. Tertemiz saklamaya çalıştığım kalbimi, gönlümü ve anlattıklarını gözlerimden süzüp avuçlarıma saklayacağım.

Cevap verecek gücüm kalmamıştı. Bir insanı bir daha görmeyeceğinizi bilseniz, ona söyleyeceğiniz son cümle ne olurdu? Peki sevdiğinize son bir cümle söyleme şansınız olsaydı, bu cümle ne olurdu?

Hayatınızda babanızdan sonra sevebildiğiniz tek insanı bırakır mıydınız? Peki Fesleğen ne yaptı? Çocukken karıncaları belki ezmişimdir diye her akşam babasının kucağında ağlayan o küçük kız ne yaptı biliyor musunuz?

Gitti.

3. Bölüm

Figan, Fecaat, Tespihçi Dede, Rabia, Pencere, Fil, Romeo, Ihlamur, Kapı

Hüzünlü yüzlere
hazin sonlar yasaklanmıştır...

Haziran. Konya.

Gittim. Şu topraklarda yan yana usulca büyümek varken, ben gittim. Dünyadaki bütün balonları birlikte toplayıp gökyüzüne bırakacağız diyen bir adamı bıraktım da gittim. Edebinden bir kez bile elime dahi uzanmamış o adamla arama şehirleri alarak gittim.

"Dünyanın bütün uçurtmalarını senin için gökten toplarım" diyen bir adamı habersiz bırakıp gittim. Kıyılır mı bir ceylan yavrusuna, dayanılır mı bir ceylan yavrusunun gözlerinin içine bakarak onu vatanından yurdundan etmeye? Ben kıydım işte. Bunları nasıl yaptım, yaptıklarımı nasıl yazıyorum bilmiyorum. Ama yaptım işte.

Belki ömrümün bir ümit ve intizar ile geçeceğini bile bile olacaklardan tarafmış gibi gittim işte...

Keşke İstanbul martıları sevdiği gibi sevseydi beni de bırakmasaydı. Küçük çocukların koşturması arasında kalsaydım da gitmeseydim. Saf, temiz avuçlarıyla besleselerdi küçükler beni de gitmeseydim. Onunla konuşamasam da alışırdım belki onun olduğu sokaklardan gökyüzüne bakmaya.

Benimle yeniden doğmuştu, ben de onunla. Yeni doğan kahve gözlü bir kedicik atılır mı sokağa? Ben attım işte. Birkaç saat önce doğmuş ayaklarını kıra büke yürümeye alışan körpe bir yavru ceylan bırakılır mı anasız babasız? Ben bıraktım işte.

Kays'ımın çöllere düşüp meczuplaşacağını bile bile gittim Şems gibi... Neredesin sen diye sessiz sessiz çığlıklar atacağını bile bile, nedenini ben de bilmezken, öylece aldım başımı gittim işte. Gitmekle ayrılamayacağımı bile bile, neyim var neyim yok aldığımı sanıp, varımı yoğumu bırakıp da gittim işte. Oracıkta bırakıp köklerimi gittim işte...

Kurduğumuz her cümlede heyecandan titrediğimiz o muhabbetleri bitirip de gittim. Belki kapı çarpmadım yüzüne ama yüzüme çarpan her rüzgârda onu hatırlayacağımı bile bile gittim.

Yapamadım, bulamadım bir yolunu "Gideceğim ben..." demenin. Ben de haber veremeden, söyleyemeden, habersiz, selamsız gittim işte. Allahım ne olur, ne olur bir mucize olsun diye diye devamını getiremediğim dualarımla gittim...

Kaçtığımı sanacağımı bile bile, onu ilk gördüğüm yerde, bana Fesleğen dediği yerde kalbimi bırakacağımı bile bile gittim işte...

Yanacağımı bilerek, yakacağımı bilerek gittim. Aklım da kalbim de kal derken, ben babama bir kelime söyleyememiştim. Nereye gittiğimi demeden, neden gittiğimi demeden, gideceğim bile demeden öylece gittim işte.

Bana o kadar ihtiyacı varken, ancak bana tutunup yağabilecek içi dışı tertemiz bir yağmur tanesiyken, ben gittim pırıl pırıl bir yağmur tanesi ne yapacak o kirli koca şehirde artık, kimin yüzüne bakarak yazacak artık, hesap, plan yapmadan gittim işte.

Gitmeden bile özleyen ben. Gittim. Özlemenin bir üstü neyse artık, onu göze alarak, özlemenin bile halime üzüleceği bir çaresizlikle gittim. Damarlarımdaki kan bile kızdı sanki bana. Ama ben gittim işte.

İnsan her şeye alışıyor da cayır cayır harlı bir ateşin içinde yaşamaya alışır mı? Kökleri sökülmüşken, çiçek açmaya da alışır mı bir ağaç? Sahi, insan hiç sevdiğini unutmaya alışır mı?

Gittim. Gittim sandım. Meğer ben orada kalmışım. Suçluluğumdan saniyeler geçmezken, ben onsuz günleri geçirdim. Ciğerimi ateşin üstüne atmış, bekliyordum. Bu ateş gönlüme değerek geçen günler haftalar boyunca sevenler ayrılmasın diye dua ettim durdum kalbimden.

Artık yağmur ancak gözyaşlarımdan kalanları yağdırabiliyordu Konya'nın üzerine. Ay güneşinden ayrıldı. Ay kararacağını bile bile güneşinden ayrıldı.

"Sensin papatya" dediği o papatyayı kuruttum. Onun elleriyle şiirler yazdığı pembe defterimin arasında duruyor. O papatya ve kurduğumuz hayaller ondan bana kalan tek hatıra oldu. Papatyayı çıkaramıyorum defterimin arasından, ya ölürse diye korkuyorum. Papatyalar ölmesin, umutlar bitmesin, sevenler ayrılmasın artık olmaz mı?

***

Şimdi ne bir anlayan var anlatayım, ne anlatan var dinleyeyim. Herkesin derdi, tasası başka. İnsanlar hakikati düşünmeyi sürekli erteler haldeler. Gençken böyle şeylere dalmaya gerek yok der gibi, sanki gerçeği aramak yaşlılara bırakılmış gibi.

Etrafta sesleri dinliyorum, bana o kadar yabancılar ki. Kızların ilgi alanları, ilgi alanım dışındaki her şeyle ilgili.

Bu dünyada babam dışında dinleyeceğim kimse yoktu. Sonra bir güneş doğdu üzerime. Güneşe ışıktan bakamazdım, Seyyah'a da edepten. Güneşe o kadar benziyordu ki, bir ara doğdu ve vakti gelince de battı. Ama öyle güzel aydınlattı ki, öyle güzel gösterdi ve anlattı ki bana aşkı, artık olmasa da ezber ettiğim o güzel yollarda yürümeye yemin etmiştim.

Konuşmaya gerek kalmadan, hal ile izahı öğrendim. Eğer bir gün konuşmanıza gerek kalmadan anlaşabileceğiniz, iletişim kurabildiğiniz biriyle tanışırsanız beni hatırlayın. Demek ki Fesleğen de Seyyah'ı böyle sevmiş deyin.

İnsanlar aşkın çok romantik bir şey olduğunu sanırlar. Çünkü şarkılarda, filmlerde aşkı yaşamayanlar anlatır. Aşkı yaşamadan öğrenenler içini açmayıp cevizi kabuğu zannedenlerdir. İnsanlar kendi içlerindeki boşluğa koyacak birini arıyorlar. Ama mesele aşkı şiir sanmak değildir ki, aşka şiir olacak kadar yanmaktır.

Kendimizi bilmek ve Allah'ı keşfetmek için geldiğimiz bu dünyada bize bunları unutturacak bir hadise aşktan sayılabilir mi? Bir kıza Allah'ı unutturacak bir erkek ne kadar yakışıklı olabilir? Bir erkeğe var olma amacını unutturacak bir kız ne kadar güzel olabilir? Bizi hakikatten koparıp süslü bir hayat sunacak biri ne kadar seviyor olabilir?

Dünyanın en güzel seveni, sevdiğiyle dünyanın en güzel yolunda yürüyendir. Dünyanın en çok seveni, en çok değil en güzel sevenidir.

Sevmek, sarı sayfalı kitaplarda kalan bir şey değil miydi de Konya'daki bir kızın yüreğine düşüvermişti? Ve bir gün aşka dair içinizde biriktirdiğiniz tüm soruların cevabını bir insanda görürseniz, kader Fesleğen ile Seyyah'ı neden ayırmış anlayacaksınız.

Ağlayarak çıktım odamdan. Sarıldım babama sırılsıklam. Ağladım, ağladım. Dilim dönmedi ama içimde fırtınalar kelime kelime esiyordu.

Ben ne yaptım baba? O da şimdi ağlıyor mudur baba? Küçük karıncaları ezen çocukları Allah affeder mi baba? Kuşlar ölür mü baba? Uçup kaçamazlar mı ölümden ya da özlemekten? Kuşlar hiç ayrılmaz değil mi sevdiklerinden? Özlerlerse uçar giderler yanlarına. Kuşların kanatları yorulur mu? Gönül yorgunluğundan ölür mü insan baba?

Her şeyi bilen babam, gözyaşlarımın sebebini bilmiyordu bu kez. Belki de ben öyle sanıyorum... Belki de her şeyin farkındaydı ama susuyordu...

"Eğer Allah bir diyarı bir diyara yazdıysa, dağlar sıkışsa da o diyar o diyarla birleşir kızım. Dilinden duayı eksik etme, bazen ayrılık sanırız, gün gelir anlarız, onlar Allah'a varışlar oluverir. Ayrıldım sanırsın, daha çok kavuşuverirsin. Özlediğini sanırsın ama daha çok kavuşuyorsundur. Acı çektiğini sanırsın ama yeni bir doğumun sancısıdır çektiğin.

Allah için bir dertle pişen kişinin feryadı en güzel odunudur bu ateşin, dünyanın kuralıdır, hüzünlü yüzlere hazin sonlar yasaklanmıştır güzel kızım, sabret..."

***

Ağzını açmaktan korkmuş, suçu olmadığı halde babasından utanmış, sonra da bu çekimserliklerinin kurbanı olmuş yaralı bir kız çocuğu olarak kendimi suçluyordum odamda. Hiçbir yere sığamıyordum. Hiçbir yerde oturup kalamıyordum. Ağlamaktan bitkin düşmüştüm. Toparlanmalıydım, bir enkaz yığını olarak duramazdım ailemin karşısında.

"Edep sevgiden önce gelir evladım" diyen bir adamın kızıyım ben. Öyle erkek arkadaşlarıyla muhabbetlerini babasına açabilecek bir kültürden gelmemiştim ki... Mizacıma işlemiş bu benim. Bir anda söküp atamam ki...

Bir yıldır İstanbul'da yalnız yaşıyordum üstelik. Hayatımda biri varken bunca zaman ne yaşadığım, neler yaptığımla ilgili yersiz düşüncelere savurmak da istemezdim babamı. Benden yana gönlü her zaman rahat ve emin olmalıydı. İçine zerre kadar kuşku sızmasına razı olamadım sanırım. Belki de ne yaptığımı bilmiyorum hâlâ. Saçmalayıp duruyorum işte.

Özlemekten daha ağır bir duygu taşıyordum artık yüreğimde. Suçluluk... Özlemle ve suçlukla yanıp kavrulacaktım bundan sonra. Nasıl iyileştirecektim kendimi bilmiyorum. Ciğerlerim ateşin üzerinde acı içinde öylece bekliyorum işte...

Ne yapıyordu Seyyah kim bilir... Ne çok kızmıştır bana... Ne çok merak etmiştir...

Beni arıyordur belki de... İstanbul'da karış karış arıyordur beni. Birlikte gittiğimiz her yerde, tanıştığımız her insanda arıyordur beni. Sahiden de arayıp bulabilir miydi beni?

Belki kızgındı artık... Sözleştiğimiz yere gidememiştim, kaçmıştım adeta. Belki sahiden de kaçtığımı düşünecekti ondan. Belki bir daha görüşmek istemediğim için böyle vedasız bir gidişi tercih ettiğim bile geçecekti aklından. Yok, hayır, dayanamazdım buna...

Geçmiyor günler. Memleketimde sürgündeyim sanki... Viran gönlüme kan gitmiyor. Kimse halime bakıp bana acısın istemiyorum. Evdekilerin derdi endişesi olmak istemiyorum. "Ne olmuş bu kıza İstanbul'da?" deyip tasalansınlar, için için kaynasınlar istemiyorum...

Mümkün mertebe sakin kalmaya çalışıyorum. Ağlamamak için zor tutuyorum kendimi. Ne kitap okuyabiliyorum ne yazı yazabiliyorum.

"Hava değişimi yaramadı" dedim. Gömüldüm yastığıma... Telefonum elimde çalsın diye bekledim hep. Seyyah bir yolunu bulsun da telefonuna ulaşıp arasın beni ne olur?

Bu içler acısı halim annemi fazlasıyla kaygılandırır olmuştu artık. Derdimi deşecek, kalbimdeki yaranın izini sürecek diye korktum. Bir an evvel eski halime dönüp toparlamalıydım kendimi. Seyyah'ı bulmalıydım... Ulaşmalıydım ona ama nasıl?

***

Sabah kalktığımda uçurtması eksik bir gökyüzü gibi hissediyordum kendimi. Kafanızın içinde hayaller kurarken kendinizi dışarıya attığınızda yabancılık çekiyorsunuz olan biten her şeye. Anlayamıyorsunuz insanların koşuşturmasını.

Bildiğim tek şey, benim uçurtmasız, uçurtmanın da gökyüzüsüz olduğuydu.

Ne bir uçurtmanın gökyüzüne olan aşkının insanlara Allah'a olan aşkı hatırlatacağından ne de bir uçurtma hikâyesinin milyonların okuyacağı, dua edeceği haram sevdalara mâni olacak bir sevda hikâyesine dönüşeceğinden haberim vardı.

İnsan sevince her şeyi ona benzetiyor. Başka şehirde, bambaşka sokaklarda, herkes o, herkesin gülümsemesi o, kiminin saçı, kiminin bakışları, kiminin adımları. Evet, her şey sevdiğine benziyor da, bütün şehri toplasan bir sevdiğin etmiyor.

Kendimi meydanda, insanların arasında buldum. Neler oluyor burada? Nereye gidiyor tüm bu insanlar? Hepsinin sırtında bir endişe. Hepsinde bir soru. Kimi akşamki maçı soruyor, kimi diziyi.

Neler oluyor beynimin içinde? Belki bir rüya, belki bir kâbus, her geçen gün değişiyordum artık. Hislerim, rüyalarım. Bu kirli dünyada her nefesimde daha da berraklaştığımı hissediyordum.

İçinizde bir konuşma isteği ile uyandığınız oldu mu hiç? Veya bir yorulmuşlukla uyandığınız? Neydi bu bizi yoran şey tam olarak? Anıların rüyanıza girip sizi yorduğu oluyor mu?

Bir gönül yarasıdır gidiyor. Yıllar geçse iyileşmeyecek, vakit geçtikçe daha da derinleşecek bir yara bu. Yarasından yorulur mu insan?

Yorulduk. Rüyalarda bile atamıyoruz üzerimizden. Gönül yarasından kaçılabilecek bir yer olsa muhakkak ki bir duyanı olurdu. Bir bileni, kaçabileni olurdu.

Ne zaman sonu gelecek bilmiyorum ama gelmiyor işte gönül yarasının sonu. Yaşamın sonu geliyor da bu gönüldeki yaranın sonu gelmiyor işte. Bekliyoruz. Neyi, neden beklediğimizi bilmeden bekliyoruz. Beklemek, şartı bu dünyada yaşamanın.

Herkes hayalinin gerçekleşmesini beklerken, ben sadece seni bekliyor olacağım Seyyah... Sadece seni...

***

Şems'e gitmek istedim o sabah uyandığımda. Babamlarla kahvaltı yapıp planımı söyledim. "Geldiğinden beri gitmemiştin, iyi olur kızım. Ben de üniversiteye geçeceğim seni bırakırım..." dedi babam. "Şems'in çocukluğunu anlatmış mıydım sana güzel kızım?"

Hayır dedim babama. Belki anlatmıştı ama tekrar dinlemek istedim sofrada.

"Şems çocukken kendisinde garip bir hal baş gösterir ve bu hal neticesinde yeme içmeden kesilir. Babası dahil kimse Şems'teki bu hali anlayamaz. Şems'in durumundan endişelenen babası, 'Senin bu gidişatının sebebi ne bilmiyorum. Sen deli divane değilsin. Senin bu halin ne olacak?' der. Şems de babasının bu sözüne karşılık, 'Bir tavuğun altına bir kaz yumurtası konulur. Kaz yavrusu yumurtadan çıkıp biraz büyüyünce su kenarına gelir ve hemen suya atlar. Ana tavuk, yavrunun etrafında çırpınır ama o kümes kuşudur, onun suya girmesine imkân yoktur. İşte seninle ben de böyleyiz, ey babacığım! Ben yüzeceğim bir derya arıyorum. Benim yurdum o deryadır...' der."

Ben de böyle bir dünyada kendimi başka hissediyordum. Sanırım babam olmasaydı yalnızlıktan ve dertten ölürdüm.

Devam etti babam anlatmaya:

"Mevlana'nın aynası olmuştur Şems. Aslında Mevlana ilimde ilerlemişti ama Şems ile muhabbete düşünce, aynasında kendi derinliğini gördü. Aşk nedir, işte o zaman anladı. Mevlana, Şems'le birlikte meyve vermeye başladı. Muhabbetlerini kimse anlamıyordu ama bir araya geldiklerinde başka dünyalarda geziyorlardı. Ama bir gün ne oldu biliyor musun? Şems, Mevlana'dan gitti.

Mevlana artık dayanamaz olmuştu bu hasrete. Kimse anlamıyordu halinden. Şems'ten doğru yanlış gelen bütün haberlere karşılık hediyeler veriyor, ikramlarda bulunuyordu. Yine bir gün Şems hakkında bir şeyler anlatan adam üzerinden hırkasını çıkarıp verdi. Yanındaki dostu da 'Ey Celaleddin...' dedi. 'Sen de biliyorsun ki bu haberlerin hepsi asılsızdır, yalandır...'

'Biliyorum...' dedi Mevlana... 'Yalanına bile hırkamı çıkarıp verdim. Hakikati söyleyene canımı verirdim...'

Mevlana Şems'ini arayıp durdu hep. Kavuşamadılar. Belki zahirde kavuşamadılar ama batında hiç ayrılmamışlardı ki zaten. Mevlana, Şems'le birlikteyken olma yoluna girmişti, ancak bir ateş eksikti, o da bu ayrılık oldu. Güneş âlemden ayrılınca kıyamet koptu ve Mevlana dünyaya ışık olmak üzere tamamlandı. Şems gitmişti ama milyonlarca insanı değiştirecek bir âşık bırakmıştı geride."

Sözünü bitirdikten sonra bir çay getirip "Aşk olması için ayrılık mı gerek babacığım?" diye sordum babama.

"Aşk kavuşamamanın ta kendisidir güzel kızım. Ayrılık ateşi aşkın en büyük hammaddesidir" dedi babam.

Bazı gerçekleri görmek istemez insan. Bazı doğrular acı verir. Babamın söyledikleri belki doğruydu ama bir insanın kaldırabileceği hafiflikte değildi. Çok canım yandı dinlerken. Koca şehirde kimsesiz kalmış Seyyah'ı düşündüm.

Belki Şems'e gitsem bana anlatır diye düşünerek kahvaltı sonrası çıktım evden. Bir seyyahı ancak bir seyyaha sorabilirdim zaten.

Hüzünlü duvarlarıyla küçücük, mütevazı bir odadan ibaretti Şems'in türbesi... Öylece oturup bekledim türbenin bir köşesinde. Düşündüm uzun uzun... Olanları, olmayanları... Belki olabilecekleri ve asla olamayacakları...

Ne yapmalıydım şu saatten sonra? Nasıl bulacaktım Seyyah'ı?

Bilmiyorum...

Bu belirsizlik kahrediyordu beni...

"Bekle..." dedi içimin karanlıklarından bir ses. "Sadece bekle. Olanı kabul et. Sabra geç."

Sabır düşüncesi yakın geliyordu gönlüme. Şems'in benimle konuştuğunu düşündüm o an. Sabır, nahif ama güçlü bir eylemdi. Kararlı bir duruştu. Olanı kabul etmek, olacak olana hazırlanmaktı. Öylece yakarıp durmak demek değildi. Hayattan el etek çekip bir köşede çile doldurmak da değil... Sabır, çabasız bir dirençti... Beklemekti... Beklediğinin geleceğinden emin olmaktı.

Seyyah'ın sözleri geliyordu aklıma. "Aradıkça daha çok kaybediyor insanlar birbirlerini..." demişti. "Bazen bulunmak için sadece beklemek gerekir."

Sanırım, bu yolda kendimi hırpalamaktan vazgeçmeliydim. Üzerime düşeni yaptıktan sonra, kader de benim için harekete geçerdi nasıl olsa.

Bu düşünceyle hafiflemiş çıktım türbeden. Ne zamandır başımın üzerinde dolanan hüzün bulutları az da olsa dağılır gibi olmuştu. Yazgımızın son sayfasında değildik ya henüz...

Hayattaydık, gençtik ve yapabileceklerimiz vardı. Seyyah da ben de yeniden kavuşmak için emek vermeyi göze alırsak birbirimize, neden bir şans daha vermesindi ki hayat bize? Yıldırım aynı yere iki kez düşebilirdi. Mümkün değilmiş gibi gelebilir kulağa ama mümkündü. Yeter ki yağmur yağsın, şimşekler çaksın...

Türbenin karşı sokağında iki apartman arasına sıkışmış küçük bir ganyan bayii vardı. Evet, Konya'da. Atlar yarışıyor, insanlar da bunun için kâğıtların arasına gömülüp ders gibi çalışıyor. Tıklım tıklımdı her zaman. Atların haberi yok bundan ama. Yarışan atlar, çalışan insanlar.

Kendileri için sarf edilen bütün bu çabalardan habersiz koşuyorlar durmadan. Kazanan atlara yemin kalitelisi, insanaysa hevesin bin bir türlüsü düşüyordu bu kapışmadan.

Atların ne için koşturulduğunu biliyorum da, sahi biz ne için koşturuyoruz? Keşfedilecek o kadar güzel şeyler varken dünyada nasıl da gereksiz şeyler üzerine uzmanlaşmaya çalışıyoruz. Dünya gerçekten de söylenildiği gibi bir oyun ve eğlenceden ibaretti.

Canım sıkılmıştı dükkânın önünden geçerken. Babama uğramaya karar verip sahafa geçtim. Cennet amcamı da burada görünce sevindim. Bir hafta önce dönmüştüm Konya'ya. Kuzenimin nişanı dışında görüşememiştik hiç.

Kader bir senaryo yazıyor ve biz de oynamaya çalışıyoruz işte. Babam bir hafta önce gelmeseydi nişan için, şu an acı içinde Seyyah'ın beni bulmasını bekliyor olmayacaktım. Bambaşka bir hayat yaşıyor olabilirdim. Kim bilir belki de gelecek güzel günlerimizle ilgili hayaller kurmuş olurduk, belki bir karar alır, belki bir plan yapardık.

Cennet amcam babamla sahafın kitap tamiratı yapılan bölümünde oturmuşlar çay içiyorlardı karşılıklı. Babam eski bir kitabı onarıyor, amcam da havadan sudan anlatıyordu.

Beni görünce sevindi amcam... Belli ki benim de sözüm geçmiş az önce. "İstanbul'dan döndüğünden beri bir hal var senin üzerinde..." dedi. "Nerede bizim uçurtma meraklısı, neşeli küçük kızımız, nerede bu yeni, sakin, sessiz, içekapanık halin?"

"Eyvah eyvah!" dedim içimden. Sahafa hiç uğramamalıydım belki de. "Büyüyoruz işte amcacığım" dedim ve yapmacık da olsa yüzüme bir tebessüm takındım.

"Öyle ya..." dedi babam da. "Benim kızım akıllıdır ve büyüdü artık amcası."

"Maşallah, maşallah" diye onayladı amcam.

Okumak istediğim bir iki kitap olduğunu söyledim babama. Listemi uzattım, bana küçük bir paket hazırlamasını bekledim sonra.

Kitaplarımı alıp döndüm eve. Bütün gece okudum... Sabaha kadar uyku girmedi gözüme... Gün ışıyana kadar düşünüp durdum. Sonra vakitlerin en güzeli olan seher vaktinde aklıma Seyyah'a ulaşabileceğim bir fikir geldi.

***

Kahvaltıdan sonra babam bahçeye çıkmıştı. Toprakla uğraşırdı her hafta sonu. Köyümüzde yaşadığımız yıllardan kalma eski bir alışkanlık. İyileştirir, dinlendirir, düşündürür insanı. Bayılırdım babama yardım etmeye. Bir yıldır ben de çok özlemiştim aslında bahçede olmayı. Yanına gidip yardım etmek istedim biraz.

Bitkilerine çocuğu gibi davranırdı babam. Her birini sevdiğine ikna olurdum gösterdiği ilgiden. Hepsini sever, hepsiyle konuşurdu. Bazen güneşten çok babamın ilgisi ve sevgisi sayesinde bu bitkilerin böylesine canlı ve taze olduğunu düşünürüm.

Evimizin olduğu sokakta bir ney üretim atölyesi vardı. Boy boy kamışlar yıllarca kurutulduktan sonra işlenirdi ustaların ellerinde. Atölyeye girip çıkanlara doğru baktığımı fark etmiş olacak ki, "Mevlana da *Mesnevi*'nin ilk beyitlerinde neyin feryadından bahseder" dedi.

"*Mesnevi*'nin ilk beyitlerinde neyin ayrılıklardan şikâyet ettiği anlatılır. İnsan ezelde, yani bezm-i elestte Allah'ın huzurundaydı. Sonra bu âleme gönderildi. İşte bu, ayrılıkların en büyüğüdür. Asıl vatanından, ait olduğu yerden, Rabb'inden ayrılan insan ayrılık acısı ve elem çekmektedir o günden beri. Ama çektiği özlemi başka şeylere yorar da bu dünyadaki şeylerle yetinmeye çalışır. İnsanın içindeki o gizli sıkıntının sebebi Rabb'inden ayrı oluşudur. Farkında olmayanlar bu açlığı dünya âlemiyle oyalanmakla doyurmaya çalışır... Farkında olanlar bu açlığın ancak Allah aşkıyla doyurulabileceğini bilir.

Allah'ın huzurunda bulunmanın, O'nun seni sevdiğini bilmenin bu dünyada bir karşılığı yoktur. Gönül ehline göre asıl vatan O'nun huzurudur ve insanın tek amacı, dünya aldatıcılığından kurtulup kemale ererek asıl vatanına hakkıyla dönmektir. Onlara göre bu dünya ancak gurbet acısı çekilecek yerdir. İşte ney de bu hikâyeyi anlatır kızım. O asıl vatanından tespihteyken koparılır, kurutulur, gübrelere verilir ve yakılır. Sonra içi oyulur. Üzerinde ağızlar açılır, kesilir. En sonunda da gayesi olan sesi verir. O ses, ayrılığın feryadı içerisine üflenen sestir.

Allah sevdiklerine imtihanlar verir, onları sınar. Dertlendirir ki kendisinden uzaklaşmasın, anmayı bırakmasın. Onun için dertlerden, acılardan feryat etmemek lazım kızım. Onların hepsi senin sesini, duanı güzelleştirmek içindir. Bebek ağlayarak doğar, çünkü yaratıldığı âlemden ayrılmıştır. Başka bir dünyaya doğmuştur. Elbet ayrılığına ağlar. Sonra bu dünya bize burada emanetçi olduğumuzu unutturur da alıştırır, oyalar bizi.

Bir kâğıt durduğu yerde ses çıkarmaz, ama kullanmak için tutar kâğıdı ikiye ayırırsan, yırtılma sesini duyarsın, işittiğin ses kâğıdın feryadıdır işte. Diğer parçasından ayrılırken kopardığı çığlıklarıdır. Ama sahibi kâğıdı faydalı bir işte kullanmak için olması gerekeni yapmıştır sadece. Senin ayrılığın da feryadın da olman gereken şey olabilmen içindir. Dua et. Feryadına sahip çık ki Allah yolunda tekâmülün tamamlansın. Sır, karşına çıkanlarda değil, imtihanlara vereceğin cevaplarda gizlidir. Allah için doğru yolda kalma kararını verdiysen endişe etmeyi bırak. Sen O'nun için bir karar aldıysan Allah yardım etmez mi hiç sana?"

"Eder değil mi baba?"

"Eder tabii güzel kızım."

Çınarın gölgesinde her kelime beni serinletiyordu. Sanki babam derdimin ne olduğunu biliyormuş gibi konuşmuştu.

***

Bahçede biraz çalıştıktan sonra elimi yüzümü yıkayıp Seyyah'ın yazdığı dergiyi birkaç kitapçı gezdikten sonra buldum. Benim okulun yakınlarında çok sevdiğim bir kitap kafe vardı. Şimdilerde okullar kapalı olduğu için öğrenci kalabalığı da yoktu. Geçip oturdum bir köşeye. Duvarları eski kitaplarla dolu daracık bir yerdi zaten. Müşterisi belliydi her zaman. Okul zamanlarında çehresi değişirdi sadece. Öğrenciler gelir giderdi sıklıkla, onlar da daimi ve kalıcı müşteriler değildi tabii... Neredeyse her yıl değişirdi yüzler bu nedenle.

Bütün dergiyi okudum, Seyyah'ın yazdığı bir şey olamazdı burada. O yazsa ilk kelimesinden tanırdım çünkü. Hiçbiri Seyyah değildi...

Yoksa Seyyah yazmayı mı bırakmıştı benden sonra? Bir şey mi gelmişti başına? Gerçi bir adamın sevdiğinin gitmesinden başka bir şey gerek miydi sanki? Bu dert oldu içime, kötü hissettim kendimi. Seyyah bensiz kalmıştı, bir de yazısız kalırsa artık yaşayamazdı. Neden isimsiz yazıyordu ki sanki? İsimsiz yazıların içinde onu aramak, çölde iğne aramaktan farksızdı...

Üzüntü ve hayal kırıklığıyla dergiyi kapatıp kâğıda bir şeyler karaladım:

Havalar soğuyor iyice... Sobalar yanacak yakında. Şimdi nasıl olur da elime kibrit alıp yakacağım sobayı? Yanmak nedir bilen yakabilir mi hiç başkasını? Ayrılığı bilseydim, ayrılabilir miydim hiç köklerimi saldığım yerden? Şimdi sesini duymuyorum ya hep üşüyeceğim. Demsiz bir ruhu hapsettiğim bedenimde bir ömür yaşamak zorunda kalacağım. Bunları sana değil kendime yazıyorum gönül Seyyah'ım, kelimelerden şahitler doğuruyorum kâğıtlara.

Muhabbetimizin ortak bir ikameti olmadı. Az da olsa birbirimize öyle tesir ettik ki, küçük bir çocuğun nahif elleriyle dalından düşen bir yaprağı kurtarması gibiydi yaşadıklarımız. Ben mi seni tuttum, sen mi beni bilmiyorum ama el de memnundu halinden yaprak da. Çocuk öyle güzel tebessüm etti ki yaprağa, bir ömür unutulmaz.

Her duanın sonunda sanki çıkıp gelecekmişsin gibi, her adımımda bir kapı sesi geliyor kulağıma. Her çayımı biraz bekletiyorum, olur da karşılıklı içeriz diye. Sanma ki yoruldum, ham olan yorulur, ben bu hasretle her gün pişiyor, tamamlanıyorum. Allah varsa, umut da vardır, bekliyorum, belki bu dünyada olmasa bile ahrette tekrar muhabbete dalacağımız günleri bekliyorum.

Belki bir mucize olur da Seyyah Fesleğen'ine bu dünyada kavuşur. Ben yokken de sen yazmaya devam et Seyyah. Yaz ki yeni sevdalar unutulmuş adanmışlıkları hatırlasın. Yaz ki, seviyorum diyen kirli dudaklar gerçek aşkın ateşiyle titresin. Sen yaz ki, nefsi için sevenler nefesini tutsun... Sen yaz ki, ben burada yanarken aydınlatabileyim karanlığını... Işığın olayım yine eskisi gibi... Sen de içimi ısıtan güneşim ol yine eskisi gibi... Şems'im ol... Rehberim, yolum, vuslatım ol... Beni bul... Ne olur beni bul Seyyah, çünkü ben seni bulamıyorum. Burada durmuş, söylediğin gibi sükûnet içinde bulunmayı bekliyorum.

Belki de bu ay yazı vermemişti dergiye, olamaz mı? Ona dair bir metin yoktu bu dergide. "Olsun..." dedim. Derginin künyesini açıp ofis numarasını yazdım telefonuma. Peki ne soracaktım arayıp da? Neyi nasıl tarif edecektim?

Cesaretimi toplayıp aradım dergiyi.

"Merhaba."

"Merhaba, buyurun nasıl yardımcı olabiliriz?"

Sesim çatallanmış çok duygulanmıştım. Belki de Seyyah'ın her gün konuştuğu biriyle konuşuyordum. Belki de Seyyah o an sesimi duyamadan karşı masada oturmuş çayını içiyordu. Acaba o da özlüyor muydu?

"Ben..." dedim, biraz bekledikten sonra. "Bir not bırakmak istiyorum."

"Buyurun tabii, kimeydi notunuz yardımcı olalım?"

Uğruna yaşadığım, hayatımda ilk kez babamdan başka birine kalbimi açtığım adama dair tarif edeceğim hiçbir şey yoktu. Hem şu an telefonla derginin ofisini aradığım için utanıyordum, hem de telefonu uzun tutarak bir mucize olmasını bekliyordum.

"Aslında kimseye değil, sadece bir not. Derginize."

"Tabii buyurun" dedi kadın.

Tek bir cümle, yalnızca birkaç kelime. Sevdiğinize söyleyeceğiniz son kelimeleriniz ne olurdu? Tek bir mesaj iletme şansınız olsa ne söylerdiniz sevdiğinize? Telefon açıktı ve ben yıllarca düşündüm o an.

Ve her birinde bir damla yaş döktüğüm üç kelimeyi sıralayabildim art arda, ötesine yetmedi gücüm ve kapadım telefonu.

"Eksik kaldım Seyyah."

***

Aylardan belki de en güzeli, eylül...

Şifayı kapmıştım ayların en güzeline girerken. Akşamları annemin demlediği ıhlamurdan içiyordum ama bana mısın demiyordu. Aldığım vitaminler de ancak ayakta tutuyordu beni. Bir haftaya yakın sürünce de hastaneye gitmeye karar vermiştik.

Babam dükkâna gitme için çıkınca ben de annemle hastaneye geçtim. Bekleme salonunda boş bir sandalye bulup oturduk. Bekledikçe sıkılıyordum, hastalığımın baskısı her şeyi zorlaştırıyordu benim için ama asıl tuhaf olan insanları izlemekti. Fark ettim ki, hepsinin rahatsızlığı aynı aslında. Ama başka rahatsızlıkların tedavisi için gelmişler tuhaf bir şekilde.

Bekleme salonunda bir televizyonun önüne kurulmuş onlarca sandalyede insanlar aynı noktaya kilitlenmişti.

Birileri mal varlığını sayıyor, birileri de karşılığında mal varlığına göre uygun eşler bulup çıkarıyordu kameranın karşısına. Her birinin hikâyesi akla zarar. Bu hikâyeleri bir kitap kurgusu içinde okusam "Ne kadar da abartmış yazar" derdim ama hayat daha abartılı bir sahne...

Genç bir adam üç gün önce nişanlanmış bir kadınla ama kadının hayatında başka biri varmış meğer. Öğrenince yıkılmış şimdi yeni bir namzet arıyormuş televizyonda. Adamın neye yıkıldığını anlayamadım. Aldatıldığına mı yanmış, bütün bunların üç gün içinde olup bittiğine mi inanamıyordu yoksa bilemedim. Birilerinin birileriyle eşleşmesi meselesine toplumca duyduğumuz ilgiyi anlamaksa başlı başına bir mesele... Hastane koridorundaki bu odaklanmaya şahit olmak, memleketimin haliyle ilgili derinden düşündürmüş, kaygılandırmıştı beni.

Muayeneden sonra önce eczaneye gideceğimi sonra da biraz dolaşacağımı söyleyip taksiyle eve yolladım annemi. İlaçlarımı yaptırıp çarşıya gittim. Çarşıdan geçip yürüyerek gidecektim eve. Sanırım Seyyah'la saatler süren yürüyüşlerimize özlem duyuyordum içten içe. Canım yürümek istiyordu...

Çarşımızın demirbaşları tespihçi dedeyle esansçı dede desem yanlış olmaz sanırım. Konya'daki merkez çarşısında iki dükkân vardır yan yana. Biri tespihçi dede, diğeri esansçı dede... Hayat görüşleri ve siyasi fikirleri yüzünden hiç anlaşamazlarmış gibi görünürlerdi ama dünyanın en iyi anlaşan, en uyumlu iki insanıydılar. İki sıkı dost...

İkisinin de avuç içi kadar dükkânı... Ekmek parasına şükredip çalışıyorlar işte.

Esansçı dede, cevval bir adam... Bu civarda büyümüş bütün çocuklarda bir anısı var neredeyse. Ne zaman bir çocuk görse, hop cebinden sihirli bir esans çıkarıp damlatır parmağının ucuna ve çocuğun başını okşayıp boynuna sürer esansı. "Güzel kok evladım" der.

Esansları biraz ağır kokar ama... Hacıyağı da derler ya hani... Onun gibi... Çocuklar hacıyağına maruz kalmamak için esansçı dedenin dükkânı önünden geçerken koşarlar.

Tespihçi dede ise semte gülmeyi öğreten adamdır. Kalender meşrep, sürekli gülümseyen, tertemiz yüzlü bir adamdır. Söylentiye göre otuz senedir aynı ayakkabıyla ve aynı iki kazakla geçiriyormuş ömrünü. Bütün kazancını mahallenin ihtiyaç sahiplerine dağıtır. Zaten ne kazanırdı ki şu küçücük dükkânda? Onu verirmiş başkalarına... Gizliden gizliye yaparmış bütün bunları, kimse bir şey bilmezmiş. Ben de öyle duydum... Kim bilir kaç öğrenci tespihçi dede sayesinde devam etmiştir okuluna.

Esansçı dede namaz vakitlerinde dükkânı açık bırakıp camiye gider, tespihçi dede de dükkânına göz kulak olur, müşterisine bakarmış. Güzel havalarda dükkânın önüne iki iskemle atıp tavla oynarlardı karşılıklı. Oyun bittiğinde bile kimse anlamazdı kimin kazandığını, ikisi de aynı neşeyle şakalaşıp gülerlerdi çünkü... Çayları sırayla ısmarlıyorlardı birbirlerine. İki zıt insanın nasıl olup da bu kadar iyi anlaşabildiğine şaşardı mahalleli.

Halbuki insan olmanın güzelliği bu değildir midir? Sana benzemeyeni, senin gibi olmayanı da olduğu gibi kabul edip sevebilmek değil midir hüner? Yaradan'dan ötürü yaratılanı sevmek değil midir, insanlıktan anlamamız gereken?

Velhasıl, sonra ne oldu biliyor musunuz?

Bir gün tespihçi dede de başladı namaza... Artık ikisi de namaz vakti geldiğinde dükkânları açık bırakıp Allah'a emanet ediyorlar. Bir hırsız bile girmedi şimdiye kadar ikisinin de dükkânına. Bu kez bütün esnaf sahip çıktı ikisinin ekmek teknesine...

Kabul, kolaylıktır aslında öğrendim sonra. Direnç, savaş demektir, çatışma demektir. Yıkıcıyı, yok edicidir. Ama kabul öyle değil. Gördüm ki kader, kabul edenden yana. Kabulde Allah'a emanet olmak var çünkü. Onun yazdığına sığınmak var. Elbette kolaylaşırdı hayat böyle olunca...

Benim de kabulden başka çarem yoktu artık. Direndikçe kırılacaktı dallarım görüyorum. Ben bizi Allah'a emanet ettim. Bizi buluşturan da oydu, kaybettiren de... Mevlana'yla Şems'i kavuşturan da oydu, ayıran da... Lakin sonsuza dek onları birbirine mühürleyen de. Kıyamete kadar ayırmayacak olan da...

***

Akşam babamların sohbetini dinledim mutfağın salona bakan penceresinden. Bazı derin meseleleri hikâyeleştirerek anlatmanın sebebinden konuşuyorlardı.

"Bir zamanlar yaşlı bir adam varmış. İnsanın hesaplamayı bildiği sayılardan bile daha yaşlıymış. Saçları bembeyaz, upuzunmuş... Tırnakları da keza öyle... Teni kırış kırışmış... Bu haliyle insanların arasında gezer dururmuş. Sokak sokak, şehir şehir, ülke ülke dolanırmış. Tam bir seyyah.

İnsanların arasına karışır, herkesle muhabbet etmeyi arzu edermiş ama gören arkasına bile bakmadan dönüp gidermiş. Kırk yılda bir bazen biri çıkar konuşurmuş adamla. Derin muhabbetlere dalarlarmış, hepsi bu.

Bir gün, beyaz saçlı bu yaşlı adam bir köy meydanına varmış. İnsanlar, kocaman bir ateşin etrafında çember oluşturmuşlar, oturuyorlarmış. Birini dinliyorlarmış nefes bile almadan. Dinledikleri adam da kendi gibi çok yaşlıymış. Ama konuşan yaşlı adamın üzerinde rengârenk, kat kat kıyafetler varmış. Saçı sakalı düzgün, bakımlı biriymiş.

İnsanların arasında oturmuş, sürekli bir şeyler anlatıyormuş. Yaşlı adam ne anlatıyor da bu kadar dinleyeni var diye merak edip çembere yaklaşmış o da.

Yaşlı adamın geldiğini gören bir çocuk parmağını uzatıp adamı işaret etmiş. Herkes başını adamın geldiği yöne çevirmiş. Gören çığlık atıp arkasına bile bakmadan kaçmış. Az önce kalabalığa konuşan renkli giyimli ihtiyar kalmış sadece. İki adam sohbet etmeye koyulmuşlar.

'Senin adın ne?' diye sormuş renkli giysiler içindeki adam. 'Hakikat' demiş yaşlı adam. 'Peki senin adın ne?' diye sormuş.

'Benim adım da Hikâye' demiş diğeri.

Hakikat, 'Uzun zamandır insanların arasında gezer dururum. Muhabbete hasret kaldım. Çok yaşlı olduğum için kimse beni sevmez. Benden kaçar. Sen kaçmadın ama sağ ol' demiş.

'İnsanlar senden yaşlı olduğun için kaçmıyor' demiş Hikâye. 'Neden kaçıyorlar biliyor musun? Çünkü sen olduğun gibisin. Hiç kimse tamamen uluorta bir Hakikat ile karşılaşmak istemez. Buna kimse dayanamaz...'

Hikâye, üzerindeki renkli giysilerden birini çıkarıp ona vermiş. Hakikat de giymiş. Böylece taşın üzerine oturup devam etmişler muhabbete... İkisinin keyfini gören köy halkı, yavaş yavaş toplanmaya başlamış etraflarında.

Hakikat ile Hikâye, başlamışlar anlatmaya. Derler ki, o günden beri Hakikat ile Hikâye birbirlerinden hiç ayrılmazlar ve insanların arasında dolanıp dururlar."

Gerçekten de öyleydi, insan yüzüne vurulan şeyleri sevmez ama onu usulca hikâyelerden dinlemeyi severdi. Gerçek aşkı insanlara anlatsanız belki dayanamaz kaçarlardı ama bir çiçekle bir gezginin sevdasından yola çıkıp onlara aşkı sevdirebilirdiniz.

Seyyah'la Fesleğen canlanıyordu gözümde hep... Hakikat'le Hikâye gibi... Birbirimizin elbiselerini üzerimize geçirdiğimizden beri hangimiz hakikat, hangimiz hikâye belli değil... Ben onun hikâyesi, o benim hakikatimdi belki... Ya da ben onun hakikatiydim, o ise benim en acıklı, en özlem dolu hikâyem. Ne olduğumuzu bilmiyordum ama bizim de Hakikat'le Hikâye'nin buluşması gibi bir gün bir yerlerde buluşmamız için dua ediyordum...

***

Konya'da Mevlana hazretlerinin türbesini ziyaret ettiyseniz, kartpostallarda sıkça gördüğünüz o yeşil kubbeyi bilirsiniz. İşte benim odamın penceresi doğrudan görür o kubbeyi...

Bu zamanda tavanı yüksek evler bulmak zor. Bizim evimiz eski olduğu için duvarlarımız yüksek, pencerelerimiz geniş. Bir de çok keyifli bir bahçemiz var. Salonda da küçük bir cumbamız. Bayılırım cumbada oturup kitap okumaya.

Geceleri gördüğü yıldızlara isim takan ben, bu köşeyi boş geçer miyim? İsim bile taktım o köşeye. Aşiyan, yuva demek. Kuş yuvası. Kuşlarım var. Durun, "Senin gibi özgürlüğüne âşık bir kız nasıl olur da kafeste kuş besler?" diye siz sormadan ben söyleyeyim.

Kuşlarım var ama kafeste değil, penceremin pervazındaki oyuğa her sabah kahvaltıdan sonra ekmek kırıntılarını koyup beslediğim güvercinlerim var. Benim oldukları için değil, hepsini tek tek sevdiğim ve tanıdığım için benim güvercinlerim diyorum. Ya bir gün onlara da yem vermeyi bırakırsam?

Öyle bir boşluk var ki hayatımda, yaşadığım her olayda etkisini görebiliyorum. Hissettiğim suçluluğu atamıyorum üzerimden. Onun yanında tepeden tırnağa çiçeklerden papatya, yukarılardan bulut, aşağılardan deniz kesilirdim. Bilirsiniz, güzel hissederdim işte. Özellikle akşamüstleri.

Kitap keyfimin yanına sade bir Türk kahvesi de pişiririm kendime. Kucağımda kitaplarım, not almak için başucumda defterlerim, kurşunkalemlerim olur hep... Akşama kadar hiç sıkılmadan, yemeden içmeden ve hiç kımıldamadan bu cumbada geçiririm koca günümü tatil günlerimde.

Yalnızlığı sevmeli bir insan. Bir de hüznü sevmeli. İkisini de yan yana koyup tadını çıkartabilmeli. Sesin olmadığı bir vakti yakasından tutup hiç bırakmadan, içindeki düşünceleri çekip çevirmeli. İnsanlarla konuşamadı diye üzülmeyip, kendisiyle konuşmalı uzun cümleler kurarak...

İnsan kitap okuyacağı köşelerin hayalini kurmalı pazar günleri. Kahve içmeli karşısında çay içecek kimsesi yoksa. Demleme dışında çay sevmesem de yalnız kaldığım günlerde sallama çay içmeme müsamaha gösterebilirsiniz diye düşünüyorum.

Pencereyi sol yanıma aldım, gözucuyla dışarıyı izliyorum. Gökyüzüne bakıyorum. İnsanların umutlarını biriktirdikleri yerlere. Hava soğuk. Olsun, kışın sonu bahar nasılsa. Hava soğudukça yaza daha az kalmıyor mu? Çiçekler yolları, bahçeleri güzelleştirecek umuduyla avutuyorum kendimi.

Hangi çiçek kokusu beni onun kadar rahatlatabilir bilmiyorum ama bir umuttu yaşamak deyip bekliyorum işte.

Gidecek, gidince hem yanıp hem yakacak olan birini mi buldun Seyyah bu kadar sevmek için? Öyle oldu, ateşe nefes verdik de üzerimizde harlandı.

Seçici bir adam ne kadar kişiyle samimi olabilir ki? Ayrılık zordu ama gitmeliydi. Allahım onu halden anlamazlara bırakma, onun yüreğini yüreksizlerin arasına bırakma. Senin için yaşayan bir adama seni anmayanların arasında yardım elini uzat. O öyle güzel şeyleri hak ediyor ki...

Oralarda oyalanıyor musun yoksa Seyyah? Bir tohum ek bir yerlere. Ama terk etmeyeceğin yerlere ek. Bu yüreğin dayandığına belki o tohumlar dayanamaz. Toprağından ayrı kalmak zor Seyyah. Bir çiçeğe anlat birlikteyken konuştuklarımızı, toprağa fısılda kimseler yokken etrafta. Anlattıkların fidan olsun, ağaç olsun, ceylanlar dinlensin gölgesinde.

Babam iki tip hayal olduğunu anlatmıştı bana. Hayalken bile güzel olanlar ve ancak hayalken güzel olanlar.

İnsanlar ikincisine kanıp sevdalara dalıyorlar. Karşılarındaki kişiyi hayallerindekine büründürmeye çalışıp hayal kırıklığına uğradıklarında isyan ediyorlar. Aslında ne kendileri hayallerindeki kişi ne de karşılarındaki. İki taraf da nefsi heveslerle birbirlerine ilgi duydukları için, bir araya gelip tanıştıkça büyü bozuluyor.

Seyyah ile muhabbetimiz hayal bile edilmeyecek kadar kusursuz başlamıştı. Buraya, kusursuz başlayan sevdamız kusursuz devam etti yazmak için neler vermezdim. Ama olmamıştı.

***

Küçükken fillere binmek isterdim. Hiç gerçekleşmedi. Ben de kendimi filler üzerine yazıp çizerken buldum. Elime kalemi ilk alışım işte böyle olmuştu. Dört yaşında yazmayı öğrenmiştim. Öğretmen, "Hadi herkes fil çizsin" derdi, ben hem çizip hem üzerine ismini yazardım. Kırpık. Evet, filime bu ismi vermiştim, Kırpık.

Unutmadığımız şeylere anı diyoruz. Peki değerini sonradan anladığımız şeyler ne oluyor? Gittikten sonra kıymet bilip geri de dönemeyince düştüğün o boşluğa isim takmışlar mı? Akşamüstleri ve pencerenin camına yansıyan sokak lambalarının ışığı ile en sevdiğin yıldızı ayırt etmeye çalışmayı özledim. Şimdi yok mu akşamüstleri, var. Yok mu yıldızlar? Var ama en sevdiğin yemeği grip arifesinde yemek gibi, tatsız tuzsuz oluyor her şey.

Buna da şükür desem, uzakta da olsa en azından hemdem olduğum biri var desem geçer mi acılar? Onu dokuz ay göstermene de şükür desem geçer mi acılar Allahım?

Okuduğum, dinlediğim her şey onu hatırlamaya sebepti. Çünkü bildiğim her şeyi onunla anlamıştım. Şimdi de anladığım her şeyi onun sayesinde anlıyordum. O öğretmişti bana sevmeyi, sevilmeyi.

Sevememekten şikâyetçi insanlar, ya da sevdiklerinde anlaşılamamaktan. Belki de yanlış anlaşılmaktan. Dünyada kan gövdeyi götürürken, sokakta insanlar kavga ederken, bir erkeğin sokakta karısını dövmesi normal karşılanırken gidip de birine "Seni seviyorum..." demekten çekiniyor herkes.

Peki nedir bu yanlışları doğru yapmanın yolu? Mevlana'nın var mıydı bu konuda bir çözümü? Elbette vardı ve elbette babam anlatmıştı. Öncelikle doğruların peşinden koşmak değil, eğrileri başımızdan savmak gerekirdi.

Fare ambarı deldi. Onun hilesinden mahsul dağıldı.

Ey can, önce farenin şerrini def et, sonra buğday ölçeğini omuzla.

Bir buğday ambarı düşünün. Kocaman bir ambar ve içerisine buğday toplamaya çalışıyoruz. Bir gün fark ediyoruz ki koyduğumuz kadar birikmiyor içeride. Nedendir diye düşünürken, bir bakıyoruz, içeride farelerin yuvası var. Demek ki fareler azaltıyor bu buğdayı diyoruz.

Şimdi bu halin farkına varan insan hiçbir şey olmamış gibi buğday biriktirmeye devam mı eder, yoksa farelere çözüm bulmaya mı çalışır? Siz olsanız ne yapardınız? Tabii ki fareleri def etmeye çalışır öncelikle.

Bu sahalardan uzak duranlar ya da haz almayanlar gitsin ambarlarına bir baksınlar, nasıl bir delik var ki hiçbir şey birikmiyor. Bu dünya nasıl bir faredir ki, ambarımızda buğday bırakmıyor. Aynı şekilde, bu sahalarda gezip de ahlaklarında, edeplerinde, insanlara bakışlarında eğrilikler olanlar gitsin baksın ambarlarına. Nasıl kaçak var ki biriktirmiyorlar buğdayları içeride.

Koca depoya minicik bir delik açsan o depo gün gelir boşalır. Bir şeyler yanlış gidiyorsa hayatınızda, ben neyi yapmıyorum demeden önce, neyi yanlış yapıyorum diye düşünün. Yani önce ambarınıza yuva yapmış farelerden kurtulun. Ne kadar doğrumuz olsa da o farelerin hileleri yiyip bitirir bizi.

Bir yanlışın içinde misin, oradan kurtul ki ambarından çalmasın. Kötü örneklerle dolu bir ortamda mısın, oradan uzaklaşmaya çalış ki ambarın delinmesin. Yanlış insanlarla mı arkadaşlık yapmışsın, onları bitir ki evinde fareler yuva yapmasın.

Babamın sözüdür:

"Def-i mazarrat celb-i menafiden evladır." Yani zararları terk etmek, faydalara talip olmaktan iyidir.

***

Arada babamın dükkânına yardıma gidiyordum. Dükkânda çalışan iki öğrenci yazın memlekete dönmüş, bir daha da geri gelmemişlerdi. Hafta içi yeni birini bulmuşlar.

Daha doğrusu Cennet amcam genç bir öğrenci getirmiş babama... "Eti de kemiği de senin..." demiş. İkisi de bayılmışlar çocuğa. Hem çalışkanmış, hem bilgili... Kitaplar hakkındaki bilgisine, yazım yeteneğine, mütevazı kişiliğine, terbiyesine hayran kalmışlar.

"Bu devirde böyle çocuklara denk gelmek zor..." dedi Cennet amcam. "Konyalı değil ama bizden sayılır, aklı karışık bir âşık belli. Neyse ki akıllı çocuk... Aradığını bulur mu bilmem ama, boş dönmez bu şehirden... "

"İstanbul'dan dönenler nedense hüzünlü hep..." dedi babam. Beni ima ederek amcamla konuştuğunu sezmiştim. "İstanbul'un havasından mı suyundan mı anlamadım. Ya şair oluyorlar ya yazar... Hepsi içine kapanık, hepsi hüzünlü gençlerin..."

"Amca, baba..." dedim yüzümü çocuklaştırıp. "İyiyim ben gerçekten, çok takılıyorsunuz bana."

"Hüzündür gelir geçer. Önemli olan asıl yolu unutmamak. Hadi hep siz anlatıyorsunuz bu sefer de ben bir şey anlatayım mı size?"

"Hadi şu çayları tazele o zaman da dinleyelim güzel kızımızı" dedi amcam.

Hemen getirdim çayları. Seyyah'tan dinlemiştim bunu "İstanbul'da mühendis bir arkadaşımdan dinlemiştim" dedim babamlara.

"Dünyanın en büyük fizikçisi, belki de en büyük bilim insanı Albert Einstein trene binmek üzere gara gider. Tam girişte çantasını, ceplerini karıştırır ama biletini bulamaz. Gardaki bir kontrolör kendisine yaklaşır ve tam biletini soracakken karşısındakinin ünlü bilimadamı olduğunu fark eder, ceplerini karıştırmasından da biletini kaybettiğini anlar.

'Efendim sanırım biletinizi ya da paranızı kaybettiniz, hiç sorun değil sizi herkes tanır, buyurun geçebilirsiniz' der.

Einstein dağınık saç ve kendine has haliyle, 'Benim endişe ettiğim şey bilet ya da param değil, bileti bulmak zorundayım çünkü nereye gittiğimi unuttum' der.

Yani bu hikâye bize diyor ki: Hayatta en çok endişe edeceğin şey nereye gittiğindir. Diğerleri bir şekilde çözülür."

Amcam bayılmıştı bu hikâyeye. Gülerek "Aferin bizim kıza" dediler. Onların bu takdiri çok hoşuma gitmişti. Söze düşemedi ama bir an için söylemek istedim:

"Bir de Seyyah'ı tanısaydınız o kadar severdiniz ki."

***

Arada tıka basa insan dolar evimiz... Akrabalardan kim var kim yok toplaşırlar bizde. Babamı dinlemeyi özlerler çünkü...

Ne vakit araya zaman girse, yaşam gailesiyle uğraşmaktan yorgun düşse gönülleri, akılları karışsa, ya da bir sebepten dolayı kendilerini huzursuz ve karmaşık hissetseler, kararlar almak zorunda kalsalar çay börek bahanesiyle atıverirler kendilerini evimize... Babamın etrafına dizilirler boy boy... Kadını erkeği, yaşlısı genci fark etmez, hepsinin bir derdi vardır ne de olsa dile getirip söze dökemediği...

Babam hikâyeleriyle, bilgisiyle, öğüt gibi görünmeyen tatlı fikirleriyle fark ettirmeden, usulca onarır hepsini. Birlik Dükkânı gönül hastanesi diye bilinir.

Hafiflemiş, rahatlamış, kendilerince kararlarını vermiş, huzur içinde ayrılırlar. Bayılırım evimizdeki sohbetle, kalabalıklarla, neşe içinde geçen iyileşme seanslarını izlemeye.

Yine bir akşam toplanmıştık... Annemin ıspanaklı, patatesli, peynirli üç çeşit böreğinin, havuçlu tarçınlı kekinin ve ağır demlenmiş mis gibi çayının kokusu evin her köşesine sirayet etmişken, babamın yumuşacık şifalı sesi de yükselir yavaş yavaş... Cennet amcam her zaman yanı başındadır babamın. O da ya bilgisiyle onaylar, üzerine bir hikâye de kendi anlatır, ya da başını sallar sadece, gönlüyle katılır anlatılanlara...

Evimizin kalabalığını çok severim ama kuzenlerle her zaman aynı uyumu gösteremeyebiliyoruz maalesef. Hiçbiriyle bir derdim yok aslında. Bürünmeye çalıştıkları karakterlerle sorun yaşıyorum. Elbette aynı bakış açılarına sahip olmak zorunda da değildik.

Kuzenlerim tüketim çağının hızlı çocuklarından. Derinleşmeye vakitleri yok acele etmekten. Her şeyin hızla tüketildiği, tüketilenin yerine hemen başka bir alternatifinin yenilenerek konduğu yeniçağın, çok harcayan, az düşünen, düşününce yorulan, sadece tüketmekle kendini ifade edebilen zamane gençlerinden bizimkiler. İşleri güçleri gelecek... Geleceğe yetişememek korkusuyla hepsi tuhaf bir acele hatta telaşın içinde... Günün modasını kaçırmaktan, diğerlerinin gerisinde kalmaktan kaygılanıyorlar sürekli...

Nasıl oldu bilmem bir yerden konu açıldı. Gelecekte olacak neyi bilmek istersiniz diye sordu kızlardan biri. Biri kiminle evleneceğini, diğeri gelecekteki işini, sayısal loto numaralarını dedi.

Dayanamadım. Söyleyemedim ama içimden konuştum kendimle. Seyyah olsaydı ona anlatırdım ama hemen hemen dolmak üzere de olsa boş bulduğum yerlere anlatıverdim hissettiklerimi.

Siz şimdiye kadar olan biteni Allah'ın bizden istediklerini anladınız mı da geleceği merak ediyorsunuz? İnsanlar bir çemberin içinde dönüp duruyor. Çemberin içinde meşgul olunabilecek şeyler sürekli artıyor ama tam ortasındaki noktada olan hakikatten her gün uzaklaşıyoruz.

Geleceği bilmek istiyoruz, sanki bugünümüze ya da geçmişe hâkim olabilmişiz gibi. Odamızın içinde okunmamış onlarca, kütüphanelerde keşfedilmeyi bekleyen binlerce kitap varken biz gelecekteki kitapları merak ediyoruz. Yanı başımızdaki insanların gönlüne girememişken, komşumuzun halini hatırını adamakıllı sormaktan âciz iken, gelecekteki insanları merak ediyoruz.

Cebimizdeki parayı Allah yolunda harcamayı, bir yetimin başını okşayıp ona bir lokma yedirmeyi beceremiyoruz da gelecekteki evlerimizi, arabalarımızı, servetimizi düşünüyoruz.

Bu vaktin hakkını verebilmişiz gibi geleceği öğrenmeye çalışıyor, bu dünyada yaşamayı becermişiz gibi diğer dünyaları, orada yaşam olup olmadığını tartışıyoruz.

Sadece Esra'yı ayrı tutarım içlerinde. Cennet amcamın küçük kızı... Doğu dillerine meraklı, çalışkan, kendi halinde, kompleksiz, neşeli bir kızdır. Onunla bir arada olmaktan aldığım keyif bambaşka...

Dayımın kızlarının canları sıkılmış olacak ki benim odada toplanmış uçurtmalarıma takılıyorlardı. "Nerden çıkmışmış odamın duvarına uçurtma asmak?"

Cevap vermedim. Zorlama bir gülüşle ikram ettim çaylarını. Esra cevap verecek gibi oldu ama bunun gereksiz bir çaba olacağını düşünüp o da vazgeçti bu muhabbete karşılık vermekten.

Bir tanesi yeni erkek arkadaşına istediği an cep telefonundan ulaşamadığı için ondan uzaklaştığını söyleyince Esra'yla bakıştık gayriihtiyari... İstediği an ona ulaşamaması kuşkulandırıyormuş onu. Kuşku içinde bir birliktelikten hoşlanmıyormuş, hemen soğuyormuş.

"İyi de istediğin an ulaştığında kuşkuların ortadan mı kalkacak?" diye sordu Esra.

"Tabii ki" dedi dayımın küçük kızı... "En azından nerede ne yaptığını anında öğrenebileceğim..."

"Her an nerede ne yaptığını merak ettiğin bir adam zaten başlı başına bir huzursuzluk" dedim. "Ulaşabilsen de ulaşamasan da aranızda güven yok ki... Konu telefonla ilgili değil..."

"Kontrol çok önemli ama" dedi. "Başıboş bırakmayacaksın kimseyi. Dişi kurtlar kapar sonra."

"Öyle bir ihtimal varsa, hemen başıboş bırak zaten..." dedi Esra. "Kontrolcülükle bir ilişkinin sağlıklı ilerlemesi mümkün değil ki."

"Siz ne bileceksiniz canım?" dedi. "Sanki kitaplardan kafanızı kaldırıp insan içine karıştığınız var da bir de ilişkiler hakkında ahkâm keseceksiniz. O dedikleriniz yok artık günümüzde. Kontrol edeceksin, sahip çıkacaksın, gözün hep üzerinde olacak, takip edeceksin. Olay bu artık..."

"Bunu ilişki sanıyorsunuz ama bunun adı savaş... Aşk böyle bir şey değil... Görmesen de, ulaşamasan da, haber alamasan da, haftalarca, aylarca görüşemesen de onun seninle olduğunu bilirsin. Eminsindir... Güvenmek başka şey, güvenmeye çalışmak başka şey. Güveniyorum ama ne olur ne olmaz diye bir şey yok. Bu ikiyüzlülük... Ya güvenirsin, ya güvenmezsin... Hepsi bu..."

"İyi ama kaybetme şansın çok yüksek o zaman..." diye çıkıştı kuzen.

"İnsan kendine güvenini hiçbir zaman kaybetmez. Ona değil kendi sevgine güvenirsin. Onun sevgisi bir gün bitse bile, o bir başkasında demlenmek istese bile, bu onu kontrol etmediğin için kaybettin demek değildir. Artık aynı hikâye için uygun iki kahraman değilsinizdir."

"Çok saçma..." dedi kuzen. "Bal gibi de başkasına gitti işte..."

"Bence bu konuyu kapatalım..." dedi Esra. "Leyla ile Mecnun bir efsane artık... Onları anlamak ya da birilerine anlatmak çok güç..."

"Sadece Leyla ile Mecnun değil ki..." dedi kuzen. "Bir sürü aşk hikâyesi var. Dünyanın bildiği hikâyeler hem de. Sadece Leyla ile Mecnun üzerinden aşkları, ilişkiler, değerleri tartışamazsınız."

"Ne mesela?" diye sordu Esra.

"Romeo ve Juliet mesela" dedi kuzen. Tebessüm ettim. İlk konunun bende uyandırdığı rahatsızlık henüz geçmemişken yenisi açıldı ama bu sefer dayanamadım konuştum.

"Leyla ile Mecnun hikâyesiyle Romeo ve Juliet'in hikâyesi bambaşka... Her şey bir tarafa, dil kurgusuyla bile çok farklılar birbirlerinden."

"Nasıl yani?" diye sordu küçük kuzen.

"Leyla ile Mecnun 'ile' bağlacıyla, Romeo ve Juliet de 've' bağlacıyla bağlıdır..." dedim. "Peki bu ne demek? Romeo ve Juliet birbirinden ayrı sevenlerdir. Ayrıdırlar. Biri oradan biri şuradan sever. İki kişidirler ve birbirlerini ayrı ayrı severler. Leyla ile Mecnun ise ayrı değildir, birdirler. Bir oldukları yerden birbirlerini severler. Sevene kadar iki kişi olan Leyla ile Mecnun, sevdiklerinde, Aşk olduklarında teke düşerler. Artık ortada ne o vardır ne de şu. Her şey Leyla, her yer Mecnun'dur onlara.

Romeo ve Juliet'te iki ailenin geçmişe dayanan bir düşmanlıkları vardır. Leyla ile Mecnun'da ise bir düşmanlık yoktur. Romeo'nun adı yine Romeo'dur, Mecnun'un adı ise Kays'tır. Halkın gözünde Kays bir kız için çöllere düştüğünden dolayı kendisine deli, aklını kaçırmış anlamına gelen Mecnun demişlerdir.

Romeo biraz uç, sivri bir karakterdir, Mecnun ise çöllerde kimsesiz yaşamış, dünyayı gözünden silmiş bir derbederdir. Mecnun, aşkından, tabiri caiz ise kör olmuş, maddi dünyayı terk etmiştir.

Romeo ve Juliet ilk olarak bir partide karşılaşmıştır, Leyla ise Mecnun'un çocukluk aşkıdır. Leyla ile Mecnun aşkında önce kadının ismi gelir, diğerinde ise erkeğin. Rivayetlere göre Leyla kara kuru, çok da güzel olmayan bir kızdır. Juliet ise güzel bir kadındır.

Romeo da Juliet de kendilerini öldürerek öteki dünyada buluşma şanslarını da yok etmişlerdir. Leyla ile Mecnun ise öteki dünyada inşallah kavuşmuşlardır.

Romeo ve Juliet hikâyesinde bunlara yardımcı olan birileri vardır, ancak Leyla ile Mecnun yalnız başlarına kendi aşklarının peşinden gitmişlerdir.

Romeo, aşkı için adam öldürürken, Mecnun aşkı için kendini yani nefsini öldürmüştür. Romeo başını kaldırdığında balkondaki Juliet'i görür. Mecnun'un ise başını kaldırdığında tek gördüğü şey Allah'tır.

Romeo aşkını herkese anlatır, Mecnun ise sadece çöldeki ceylanlara, aslanlara fısıldar, Allah'a anlatır.

Romeo ve Juliet iki ünlü âşık olarak bilinirler, Leyla ile Mecnun ise tek bir aşk olarak. Leyla ile Mecnun ilahi aşka giden yolda beşeriyet sevgisinin nasıl basamak olarak kullanılabileceğini örnekleyen en önemli hikâyedir."

Kızların üzerinde hem yeni bir şey öğrenmenin heyecanı hem de ters köşe olmalarının şaşkınlığı vardı.

Gözlerim dolmuştu Leyla ile Kays'tan bahsederken. Fesleğen ile Seyyah'a yoruyordum her benzetmemi.

Bir an için onları bozduğumu hissedince "Hadi kızlar bakalım börek bırakmışlar mı bize?" diye gönüllerini aldım. Asıl maksadım bu ortamdan uzaklaşıp aşağıda babamların sohbetini dinlemekti.

***

Dışarıda yağmur yağıyordu. Gece karanlık gözlerini kapamış.

Hadi yağ yağmur, tam şimdi, şu anda. İkimiz birlikte özleyelim.

Gece yarısı gözlerin kapalı, ben de gözlerimi kapatayım...

Öyle kolay ağlayan biri değildim, neler oldu bana böyle? Babamları dinlerken ağlayasım gelmiş gözlerim dolmuştu. Yüzümü yıkamak için odama çıktım.

Söze gelmeyen hüzünlerle dolaşıyor gibiyim. Odanızın pencerelerini kapasanız da gönül penceresinden biri girdi mi, böyle oluyor işte.

Bana kızdığınızı hisseder gibiyim. "Taş olsa acırdı o yüreğe, nasıl bıraktın da gittin?" diyor olabilirsiniz. Babamın bana öğrettiği bir sır var. Bu sırrı anlatmak için bilerek hikâyemin ortalarına gelmeyi bekledim, her açan okumasın, her bakan görmesin diye.

Seyyah ile bir şifremiz vardı: "Parolayı sor." Bu şifre ile karşımıza çıkan bütün sorunları çözebiliyorduk.

İnsanız ve bunun öğretilmiş bir gereği olarak hayattan beklentilerimiz vardır. İşler bazen iyi gider bazen de gitmez ama hayat karşımıza sorular çıkartmayı hiç kesmez.

Bu gibi konularda hayatımızda karşımıza çıkan her sorunda şunu yapıyorduk: "Parolayı sor." Kendine o işi yapmak istemendeki sebebi soruyordun. Eğer sebep yani parola "Allah için" değilse o şeyi yapmıyordun. Yani bizim Seyyah ile parolamız her duygunun, her fikrin ve her eylemin "Allah için" olmasıydı.

Karşımıza çıkan soruda parolayı sorar ve gereken cevabı alamazsak o şeyi yapmazdık. Ders çalışmalıydık, bu bizim gelişimimiz için önemliydi. Dürüst olmalı, ahlaklı olmalı, örnek kişiliklerimiz olmalı, entelektüel olmalıydık. Bunların hepsi Allah için pozitif şeylerdi.

Parolanı "para" diye belirlersen seni kullanırlar, bir gün azalıp bir gün artan para seni perişan eder. Parolanı "karizma, güzellik" olarak belirlersen alnında çıkacak bir sivilceyle psikolojin bozulur. Parolanı "makam" olarak belirlersen, şahların, sultanların gelip geçtiği bu dönen devran senin de makamını devirir, zindana sürerdi.

Ama parolanı "Allah" diye belirledin mi, o parola sana her hayırlı kapıyı açar diye konuşmuştuk. Konya'ya geldiğimden beri kendime parolayı soruyordum. Seyyah'ı ne için özlüyordum?

Seyyah'ı nefsim mi özlüyordu ruhum mu? Belki bu sorunun cevabını bilmiyordum ama yolun hep güzel tarafında kaldığımızda Allah'ın da bizi doğruda tutacağını doğruyla karşılaştıracağını biliyordum.

***

Aylar geçmiş, babamla sohbetlerimiz derinleşmiş, içimdeki ayrılık acısı yerini olgunluğa bırakmıştı. Belki daha çok özlüyordum ama közlenmek üzere olan bir çıra gibi yanacak yerim kalmamıştı. Beni söndüren yegâne yağmur ise babamdı. Olabildiğince her sohbete katılmaya çalışıyordum artık.

Ne kadar sabırlı, anlayışlı, kaygısız anlatıyordu babam... Kimseyi ikna etme çabası yoktu. Anlamayana ya da anlamak istemeyene kızmıyordu hiç. İçinden bile gücenmiyordu. Herkesin nasibi kadar algılayıp öğrenebileceğini biliyordu çünkü.

Kadirşinas bir insandı babam... Kim olursa olsun, değerbilirdi... İncitmez, küçümsemez, bilmiyor diye aşağılamaz, kimsenin algısını hor görmez, büyüklenmezdi.

Aklıma Seyyah geldi o an. Bir defasında "Kadirşinas ne demek?" diye sormuştum ona.

"İpucu alayım..." demişti şaka yapıyor gibi gülümseyerek...

"Günümüz toplumunda pek nadirdir böylelerine rastlamak. Özellikle yeni nesilde" dedim.

"Değer bilen" diye cevap verdi. Onun zekâsına, derinliğine, anlayışına, algısına hayranlık duyuyordum sahiden.

Onayladım başımı sallayarak. "Halinden anlayan, sırrını anlatırken elli kere düşündürtmeyen, vakti gelince seni üzmesinden korkmadığın, değer bilen, kıymet bilen dost anlamına gelir, haklısın" dedim.

"Çöplükte elmas bulmak gibi" dedi.

"Öyle de denebilir... Bazen kardeşin bile değer bilenlerden değildir biliyor musun? Ama öyle insanlar vardır ki, tıpkı çöpteki elmas kadar denk gelmesi güçtür ve onun kadirşinaslığı terbiye eder, arındırır insanı..."

"Haklısın Fesleğen..." dedi. "Kardeşliğin kan bağıyla hiç ilgisi yok aslında..."

"Kardeşin var mı senin?"

"Yok."

"Neden annenle yaşamıyorsun?"

"Yaşayacak kimsem var ama muhabbet edecek kimsem yok. Bazen aynı evin içinde senden uzak insanlarla yaşarsın. Aynı soy ismi taşıyan bir kişi çıkmaz muhabbet edebileceğin. Şehrin ortasında doğmuşsundur ve tanımadığın insanların arasında, alışamadığın bu dünyada yaşamak zorunda kalırsın. Ama öyle birileriyle tanışırsın ki, konuşmaya gerek yok, hal lisanı yeter size. Yeni ailen olur bu güzel insanlar."

Seyyah anlattıkça, kimsesizliğin bedensel yakınlıkla ya da uzaklıkla ilgili olmadığını anlıyordum. Kimsesizlik, gönül yakınlığı ya da uzaklığıyla ilgiliydi... Etrafımızdaki insan kalabalığına rağmen içine düştüğümüz yalnızlığın sebebi bu olmalı diye düşündüm. Gönüller yakın olmadığı sürece, hiçbir kalabalık yalnızlığa çare değil... Mesele, iki bardak çay koyup saatlerce aynı demliğin içine tatlı bir muhabbet demleyebilmek...

Aylardır Seyyah'tan bir haber bile alamadığım halde kendimi dipsiz bir yalnızlığın içinde hissetmiyor olmamın sebebi de bu sanırım. Gönlüm Seyyah'tan ayrı değil benim. Sesi hâlâ kulaklarımda, anlattıkları hâlâ aklımda, bana verdiği hisler hâlâ taptaze içimde... Seyyah sanki buralarda, çok yakınlarımda ve konuşuyor benimle. Adım adım yaklaşıyor gibi... Yalnız hissetmiyorum kendimi. Gönlüm, gönlüyle bağ kuruyor... Buna ayrılık denebilir mi? Hayır... Buna yalnızlık denebilir mi? Hayır...

Ne var ki bir özlem ateşi de yanmıyor değil kalbimde. Ona hem bu kadar yakın hissedip, böylesine küle dönüşmek de hayatımın çetin sınavlarından biri olsa gerek. Sanırım sabrı öğreniyorum bu sayede... Tevekkülü anlıyorum, tefekkürü yaşıyorum böylece... Hamdım, pişiyorum...

Bazen kendine gelmek için başkalarından uzaklaşman gerekir. İnsan özlüyor işte. Hangi duayı etsem, bir mucizenin saatini kurar? O saat bu ömür dolmadan çalar mı? O saat çalsa, bu yürek senin gelişine dayanır mı? O saat seni getirmese, beni sana götürür mü?

Uyumadan önce anılan kıymetli şeyler sanki saatlerini kurmuşlarcasına bir gece bile uyuyakalmıyorlar. Sen uyuyakalıyorsun, anılar beyninin içinden kulağına doğru o güzel günleri fısıldıyor...

Böyle olunca da insan gitmek istiyor. Hatta bazen nereye olduğunun da önemi kalmıyor.

***

Üniversitenin üçüncü sınıfında olmak tuhaf bir arayışa itiyor insanı. Son sınıfta değilsin, hayata atılma fikri seni tamamen sarıp korkutmaya başlamamış henüz. İş bulmak, atanmayı beklemek, özgeçmiş hazırlamak derdinde değilsin şimdilik.

Öte yandan bir ya da iki olmadığın için de hocalarının ve ailenin senden beklediği bir olgunluk var. Hocalarına her şeyi soramıyorsun ya da halini hatırını, üniversiteni soranlara hiçbir şeyden habersiz gibi cevap veremiyorsun. Bir de tüm bunların üstüne Seyyah'ta yeni bir toprağa emanet ettiğim köklerim de yerinden sökülünce hayat çok da kolay gelmez oldu bana... Geçen yıl duygusal olarak ne kadar huzurlu ve güvende hissediyorsam kendimi, bu yıl bir o kadar karmaşığım, huzursuzum, zorlanıyorum.

Her yıl üstten ders alma gibi bir huyum vardır, dolayısıyla yoğunluğum pek değişmese de kendime rahat geçecek bir dördüncü sınıf planı çıkarıyorum. Bu yıl haftanın sadece dört günü dersim olduğu halde yoğunum.

Sanırım bahsetmedim henüz. Artık haftanın iki günü, ikişer saat ney kursuna gidiyorum. Bugün ney kursu çıkışında eve döndüğümde doğruca odama geçip yemek bile yemeden uyumayı düşünüyordum ki babamın salondan gelen sesini işitince birkaç fincan kahve içmişim gibi ayıldım.

"Komşun en sevdiğin bardağını düşürüp kırsa ona tepkin ne olurdu? Kızmazdın değil mi? Önemli bir şey olmadığını söylerdin, üzülmemesini isterdin. Hah... İşte kendi bardağın kırıldığında da aynısını yapabilmelisin... Yine aynı olgunlukta kalabilmelisin. Kendine karşı da nazik olmalı insan.

Mesela misafirliğe gittiğinde, nasıl başkasının yemeğine uzanmıyorsan, sana ikram edilecek olan yemeği bekliyorsan, işte bunun gibi manevi meselelerde de dikkatli ve özenli davranmak gerekir. Sana ikram edileni beklemelisin.

Bir köpek nasıl anlatır acıktığını? Havlayarak değil mi? İnsanın köpekten farklı olması, dünya ve mana ile ilgili taleplerini isyana ve bıkkınlığa düşmeden içe dönerek araması gerekir.

Sabırlı misafirlere yemeğin en güzel yerinden vermek ister ev sahibi. İkramı belki biraz gecikebilir. Bunun sebebi, yemeğin lezzetsiz kısımlarının azalmasını beklemesidir. Lezzetli yerini sırası geldiğinde sunar. İşte böyle lezzetli bir yemek bekler gibi bekleyeceğiz. Yemeğe talip olduğumuzdan değil, ev sahibine olan aşkımızdan bekleyeceğiz..."

Babamın telefonda yaptığı bu konuşma büyülemişti beni adeta. Yine kimin derdine deva oluyordu kim bilir... Birileri imdat diyerek babama sığınmış yine belli ki. Kendine yol bulmak, çare aramak, doğru kararı vermek için babamdan ilham almaya ihtiyaç duymuş...

Aylarını beklemekle geçiren genç bir kız olarak, belki de neyi beklediğimi tarif etti bana en anlaşılır, en etkili yoldan. Beklediğim Seyyah mıydı artık bilmiyorum. Belki kendimi bekliyordum belki de olmayı. Belki de bulunmayı...

Babamın sırlı, derin konuşmasından sonra odama geçtim. Sessizlik, ben ve artık misafir saymadığımız sokak lambasının ışığı...

Bazen konuşma arzusu gelir insana. Bunu anlarım da dinleme arzusu nedir? Nasıl bir histir, nerede yaşar? Dinlemeye ihtiyacı olur mu bir insanın? Acaba dinlenmek istiyorum da yanlış mı anlıyorum? Fecaat içinde geçerken vakit, sessizce bekliyordum.

Yoruldum bir şeylere tahammül etmeye. Bu ayrılık kalemime, kitaplara, çiçeklere olan mesafemi kısalttı. Hep bir aradayız artık. O güzel adam. Bir zamanlar varlığı nasıl güzelse, yokluğu da o kadar hissediliyor bugünlerde. Artık yoktu, ama olsundu.

İnsan severken çok da sevmiyormuş aslında. Sevmek, yanmayla birlikte başlıyormuş. Çok konuşurduk Seyyah'la uzaktan sevmenin kıymetinden. Ama ne dilde durduğu gibi ne kâğıda yazıldığı gibi oluyormuş uzaktan sevmek. Yakıyormuş, biliyorum dediğin her şeyle ağır imtihanın başlıyormuş arada mesafeler olunca.

Belki mesafeler bizi ayırdığını sanırlar ama yanılırlar. Belki biz çoktan bir olmuşuzdur bile. Olabilir, olamaz mı?

Bazen özlemek değil de beklemek daha zor gelir. Bazen olmuyor değil, bakkala diye çıkıp ona gidesin gelir...

***

Mevlana Türbesi'nin arka çıkışında, sohbeti güzel, dışarıdan bakınca pek belli olmasa da bilgili, sır sahibi bir dede vardır. Yolunu bulur da konuşturabilirseniz size dünyanın sırrını verecek gibi anlatır hikâyeleri... Keçeci Celaleddin Dede... Dedemin en yakın arkadaşı, mihmandardır aslında. O civardaki düşkünlere, ihtiyacı olana, yolunu kaybedene, karnı acıkana yetişir Hızır gibi.

Ne zaman çarşıdan eve dönerken dükkânın önünden geçecek olsam hiç ihmal etmem muhakkak durup seslenirim içeri... "Celaleddin Dede! Kübra Anne burada mı?"

Celaleddin Dede'nin eşidir Kübra Anne. Bayılırdım sohbetine. Tebessüm etmediği bir anını hatırlamam. Şimdi yine dükkânın önünden geçerken kendi dedemin hikâyesini hatırladım.

Ben daha iki yaşındayken, yani bir kez bile bana bayram harçlığı verememişken göçmüş sevdiğinin yanına. Hep kahverengi takım giyermiş dedem. Şimdiki hanımlığımın sebebi sanırım bütün şımarıklık hakkımı onun kucağında harcamış olmam olabilir. Beni bulunca bırakmaz, kelimelerini bebekleştirip, "r"leri "y" harfine dönüştürüp konuşurmuş benimle.

Gözleri ela, saçları bembeyaz, teni kırış kırışmış... Bu dünyanın sokaklarına çıkmadan, dedemin karnıyla omuzları arasında gezer dururmuşum. İki avucumla dedemin serçeparmağını ancak tutar, sıkar, tazecik sütdişlerimi kaşırmışım. Annem dedemi anlatırken, "Ne kadar sıralı olursa olsun ölüm hep beklenmeyen bir şeydir kızım" derdi.

Dedem çok düşkünmüş bana, bir an olsun omzundan, kucağından indirmezmiş yere. Doğduğumda kulağıma ismimi de canım dedem okumuş.

Bana "dede" dedirtmek için de çok uğraşmış zavallım. Ancak bir türlü ağzımdan çıkaramamış o kelimeyi. Akşamları eve geldiğinde sorarmış anneme "Bugün dedi mi?" diye. Bana renkli oyuncaklar getirir, oyunlar yapar dururmuş. Olmamış ama bir kez bile görememiş dede dediğimi.

Hastalandığında sanki göçeceğini hissetmiş gibi konuşmuş babamla...

"Torunuma iyi bak..." demiş, vefat etmiş o gece... Ertesi gün "Dede..." demişim.

***

Bu akşam yine sohbet var evimizde... Hava yağmurlu, ev hayli kalabalık olacak muhtemelen... Babam dükkânda hâlâ. Cennet amcamı gördüm evin önünden geçerken, herhalde babamı almaya gidiyor diye düşündüm. Hava kararmadan toplanmazlardı. İlle öncesinde kahveye gider, çayını içer, dostlarını yanına toplayıp öyle gelirdi amcam.

Teyzelerimin içinde yemek tarifi bol sohbetine hiç karışmamıştım ama içlendiğimi fark etmiş olacaklar ki sağ olsunlar, başka bir muhabbetin içine çekmeye çalıştılar beni.

"Kızım sen neden kızlarla dışarıya çıkmıyorsun hiç, böyle dalıp duruyorsun kendi kendine?" dedi büyük teyzem. "Gençsin sen daha... Git gez toz biraz... Genç kızın bu kadar içine kapanması iyi değil..."

Verecek cevabım vardı ama ağzıma her geleni de söyleyemem ya tabii... Ramazan ayı değil ama bazen kelimelere de oruçlu olmak lazım.

Dükkânda zaten babama yardım ettiğimi, üniversitenin yoğun olduğunu, ney kursum olduğunu ve zaten bolca okuduğumu, içime kapanmaya aslında hiç vaktimin olmadığını söyleyip yanlış düşündüklerini açıkladım.

Çok geçmeden babamlar gelmiş, sohbet de başlamıştı nihayet... Erkekler büyük salona yerleşirken ben de mutfaktaki küçük servis penceresine yerleşip kulak verdim yine içeriye her zamanki gibi... Böylece kadınların arasından kaçmak için de bahane bulmuş oldum. Sıcacık bir çay alıp babamın sohbetine verdim kendimi.

"Hocam bazen dünyalara dalıyoruz..." dedi biri. "Kendimizce mühim de işler yapıyoruz ama dünyalık hepsi. Eve gelip bizi ilgilendirmeyecek meseleler üzerine saatlerimizi harcıyoruz. Nedir bunlar, nasıl kurtulacağız bu yanlıştan?"

Babam her zamanki sakinliği ve eminliği ile yanıtlıyordu yine.

"Halimiz şuna benziyor..." dedi babam. "Mesela sadece padişahların hazinelerinde bulunabilecek paha biçilmez altından bir Hint kılıcı tutuyorsun elinde, ama onu alıp kokmuş bir öküz eti kesmek için kullanıyorsun. Sonra da boşuna almadım bu iş için kullanıyorum işte onu diyorsun.

Yahut da zerresiyle bile yüzlerce tencere alınabilecek altın bir tencerede şalgam pişiriyorsun. Sonra da diyorsun ki, boşa kullanmıyorum ya işimi görüyorum.

Ya da mücevherlerle işlenmiş bir bıçağı alıp duvara saplıyor, kırık bir kabağı da üzerine asıyorsun. Ve diyorsun ki, iş görüyorum, kabağımı bıçağa asıyorum. Boşuna vakit eğlemiyorum burada.

Acınacak, gülünecek işler değil de nedir bunlar?

Hazreti Allah bize pek büyük bir değer vermiştir. Fakat değerini sen bilmiyorsun. Kendini ucuz satma çünkü değerin pek fazla senin. Allah buyuruyor ki, sizi de, soluklarınızı da, vakitlerinizi de, mallarınızı da, zamanınızı da satın aldım ben; bana harcarsanız, bana verirseniz karşılığı ölümsüz cennettir; değerin budur işte. Fakat sen, tutar da kendini cehenneme satarsan kendine zulmetmiş olursun. Hani o yüz dinarlık bıçağı duvara saplayıp ona bir kabak, yahut bir testi asan kişi gibi.

İnsanın uykudan ve yiyip içmeden başka bir gıdası daha var. Biz asıl o gıdayı unuttuk da gece gündüz midemizi beslemekle meşgulüz. Şu beden insanın atı, bu dünya da atın ahırıdır. Atın gıdası, ata binenin gıdası olamaz. At başka şey ister, ata binen başka.

Bir insan atın üzerinde ahıra girdiğinde, ahırda gördükleri kim içindir? Üzerine bindiği at için. İnsan iner de oradan gıdalanmaya çalışır mı? Gider de ahırda uyumaya, kendine köşe yapmaya çalışır mı?

Peki yerse ne olur? Kötü olur. Hiç rahat edemez, huzuru başka yerlere gönderir de kendisi bir vakit huzur bulamaz o ahırda. İşte insanın da hali buna benzer. Bu dünyada rahat etmeye, bu dünyanın gıdalarıyla beslenmeye çalıştıkça rahatsızlığımız hiç bitmeyecek.

Atın uykusu da, gıdası da, keyfi de ata bineninkinden başkadır. İnsana ne oldu da atın gıdasına özendi durdu? Ne oldu da bu ahırı sahiplenmeye durdu? Ahıra talip olanların sahipler arasında işi yoktur. O, asıl gıdalardan nasipsiz kalır.

İnsan uyumuş ve atla bir hareket eder olmuştur bu dünyada. Uyanıp haline bakması lazımdır. At değil, sahip olduğunu görmesi lazımdır. Atın buyruğundan kurtulup atı buyruğuna almasını öğrenmesi gerektir.

Mecnun Leyla'sına giderken devesini alır, doğru yola sürermiş. Sonra Leyla'sını düşünürken bir daldı mı kendini de devesini de unuturmuş. Deve de sürülmediği zaman, doğru geldiği köye, köşesine gider uyuyuverirmiş.

Mecnun kendine geldi mi bir bakar devesi yok, hemen anlar ki iki günlük yolu devesi geri dönmüştür. Mecnun da köye geri dönüp devesini köşesinden tekrar alır, tekrar yola koyulurmuş. Böyle aylarca yollara koyulmuş da her defasında Leyla'sına dalınca devesi yine dönmüş köşesine. Mecnun da en sonunda meseleyi çözüp devesini bırakıp yaya gitmiş Leyla'sına.

'Devemin dileği geride, benim dileğim ilerde, onunla benim aramda ayrılık var.'

Devenin, yani nefsimizin dileği hep farklı olacak. Ancak yol belli, gidilecek, varılması gereken yer belli. Bırak deveye uymayı da, yayan da olsa talip ol yürüyeceğin yola. Deveye uyup da geri dönerek harcama bu ömrü."

***

Akşamın konularından biri de aşktı. Biraz daha dikkatli dinleyiverdim. Allah'a âşık ya da Allah'ın yarattığına âşık arasında fark gözetilmezmiş. Birincisi zaten Allah'a âşık, diğeri de âşık olduğuna baka baka aslında ona değil Yaradan'ına âşık olduğunu anlarmış.

Bu arada akşam muhabbetlerinin bazılarını dinlerken pembe defterimi yanıma alır, babamın anlattıklarını not ederdim. Bu akşam da başlıkları hatırlamam için birkaç cümle not alarak adeta ders çalışır gibi kulak vermiştim babamlara.

"Âşık oldum diyen âşık olmaz dostlar, aşkın da alametleri vardır. Onun sahasına girince bazı belirtiler ortaya çıkar. Âşık olan kişi Allah'a sevgi ve muhabbet beslemeli, yarattıklarına da şefkat ve merhamet göstermelidir.

Âşığın kazancı helal, yediği lokma helal, giydikleri helal ve yaşadığı yer helal olmalıdır. Âşık asla yalan söylememeli, hep dosdoğru olmalı ve doğruluğu tavsiye etmelidir.

Âşık cimri olmaz, kazancını güzel amaçlar için harcar, ihtiyaç sahipleriyle paylaşır. Âşık sabırlı olur imtihanlar ve zorluklarda pes etmez.

Âşık zengin ise, malıyla imtihan olacağını bilir. Dünya malı bize mükâfat değil, imtihandır. Ölünce, malımı dağıtmadım, keşke zengin olmasaydım da malımdan mesul olmasaydım demekten korkacağı için, bu dünyanın zenginliğine, sefasına tamah etmez.

Âşığın hem bedeni hem zihni temiz olur. Kalbini kötülüklerden, kibirden, kinden, hasetten, suizandan, gıybetten, iftiradan, makam ve dünya sevgisinden temizlemeli ve arındırmalıdır.

Âşık, birinin ahını almaktan, zulmetmekten kaçınır. Bir âşık, kendisini tanıyan herkesten rıza alabilecek bir karakter ve edebe sahip olmalıdır. Âşık adaletli olmalıdır, düşmanı da olsa adaletten ayrılmamalıdır.

Âşık, fazla yemekten kaçınmalıdır. Sofraya ancak çok acıktığında oturmalı ve tam doymadan kalkmalıdır. Bilmelidir ki, bu bedeni ne kadar beslerse o kadar dünyaya bağlanacaktır. Âşık çok uyumamalıdır, bilmelidir ki, uyunacak değil, uyanık olup güzel işler yapılacak bir dünyaya gelmişizdir ve âşık çok konuşmamalıdır, bilmelidir ki, söz gümüş ise sükût altındır.

Âşık, aşk halinde olduğunu ulu orta insanlara bildirmemeli, ancak haline baktıklarında insanlar onun âşık olduğunu anlamalıdır. Âşık, halinden bihaber insanlarla, halden anlamazlarla, kötü huylarla dolularla ahbaplık etmemelidir.

Âşık, vaktini boşa harcamaktan, Allah'ın sevmeyeceği işleri yapmaktan kaçınmalıdır. Âşık, kimsenin ayıbını yüzüne vurmamalı, sır saklamasını bilmeli ve dilinin ucuna gelen her şeyi söylememelidir.

Sokağa çıkıp sorsak herkes âşık, peki kimin ispatı var? Kim bu alametlere sahip?"

***

"Son kıssa ile günü bitirelim" dedi babam.

Bilmem ki gitmek isteyen var mıdır içeride? Hep böyle dinlesem, günlerce, aylarca burada otursam sıkılmam. Peki nasıl olur da birçok insan benim bu kadar heyecan duyduğum konulardan haberleri bile olmadan ömür geçiriyor?

Hemen aklıma babamın derslerinden biri geldi. Neydi cümlemiz: "Men lem yezuk, bilmez yazık." Yani, tatmamış ki nereden bilsin? Birilerinin çıkıp insanlara bu lezzeti tattırmaları lazımdı. Babamın güzel sesine verdim kendimi...

"Vaktin birinde, Allah'a muhabbetle bağlı, temiz kalpli, malını hayra adamış bir adam varmış. Namazlarını her seferinde cemaatle camide kılarmış ama evi nehrin diğer kıyısında olduğu için, her defasında salla nehrin diğer yakasına geçip camiye, oradan da dönüşte tekrar salla eve geçmek çok vaktini alırmış.

Bir gün cami hocası vaaz sırasında, 'Kardeşlerim, tam teslimiyetle Allah derseniz suyun üzerine bassanız batmadan yürür gidersiniz Allah'ın izniyle' demiş. Bunu duyan adam çok sevinmiş, 'Oh be kurtuldum artık salla uğraşmaktan' diyerek çıkışta nehrin kenarına giderek içten bir 'Allah' diyerek hiç endişesiz, suya batmayacağına inanarak yürümüş ve gerçekten de nehri suya batmadan geçmiş.

Eve gelip hanımına durumu anlatmış. Hanımı da kendisi gibi yürekli biri olduğu için duruma inanıp çok sevinmiş ve 'Bir gün o mübarek hocayı alıp eve getir, bir yemek ikram edelim kendisine' demiş.

Adam günlerden bir gün cami çıkışında hocayı evde ikram verme konusunda ikna ettikten sonra nehrin kenarına getirmiş. Hoca, 'Bir sal bulalım da karşıya geçelim' demiş. Bunu duyan adam şaşırmış tabii. 'Ne salı hocam, ne gereği var, siz dediniz ya Allah diyen suda yürür gider diye, ben de o günden beri sal kullanmıyorum, yürüyerek geçiyorum karşıya' demiş. Hoca hayretler içinde kalmış ve titrek bir sesle, 'Ah evladım. Bende o vaazı verecek dil, sende onu yapacak yürek var' demiş."

***

Akşam sohbet bitmiş iken, amcalardan birisi diğerine, benim de duyabileceğim şekilde, "Birisi burada hırkasını unutmuş" dedi. Aralarında kimindir diye kısa bir süre fısıldaşırlarken Cennet amcam seslendi:

"Dünyada unutulmaması gereken bir şey var. Her şeyi unutsan da onu unutmadıysan korkun olmasın. Fakat her şeyi yerli yerince yapsan, hatırlasan, unutmasan da onu unutsan hiçbir şey yapmamış gibi kork.

Bir padişah seni belli bir iş için bir köye yollasa, sen de o iş için köyün yolunu tutsan, o işten başka yüzlerce iş başarsan ama gitme sebebin olan o işi yapmasan hiçbir kıymeti olmaz. Ne başarırsan başar, asıl şeyi yapmadın diye başardın sayılmaz.

İnsan dünyaya bir tek iş için gelmiştir, maksat odur. O işi başarmadı mı, hiçbir iş başarmamış demektir. O işi unuttuk mu, hiçbir şey hatırlamadık demektir.

Diyeceğim o ki, varsın biri hırkasını unutsun. Asıl maksadını unutmasın da varsın bir keçe hırkasını unutsun."

***

Sohbet bitmişti, herkes gittikten sonra ben de mutfaktan çıkıp babamın yanına gittim. Yanağından kokulu bir öpücük alıp geçtim odama. Saatlerce deliksiz uyumak istiyordum düşünmemek için ama olmuyordu işte. Bazen öyle ağır bir uykusuzluk çöker ki insanın başına, saatlerce uyumaya çalışarak vakit geçirirsin.

Kütüphanende en sevdiğin kitabın sana baktığını görürsün. Sessiz evin içinde ayaklarının halıda çıkardığı sesleri bile işiterek yürür, gider o kitabı alırsın yerinden. Yüzükoyun uzanırsın yatağa, bir bakarsın ki yanında kahve yok. Öyle çok yakışır ki kahve o ana... Ama uyumaya çalışan biri için gece yarısı kahve fikri kötü bir seçenek olacaktır.

İşte bazen bir neden aramazsın yaptıklarına. Öylece sıkılmayla, çaresizlikle, seni çekip kurtarabilecek umut arayışlarıyla döner durursun olduğun yerde.

Bazen her şey yolundadır, mutlusundur. Bazen zordur hayat, bazen birileri vardır yanında, rahatlatırlar varlıklarıyla. Bazen yalnızsındır. Bazen düşünürsün. Bazen düşünmek istemediğin halde düşünceler üşüşür aklına. Hayatın boyunca senden gidenlere, sana gelenlere bakarsın. Yüzleşirsin onlarla ama sonuç değişmez. Giden gitmiştir, kalan kalmıştır işte...

Bazen bazı anlar gelir aklına. Senden giden ne varsa hatırlarsın. Oracıkta, sanki üzerinden günler, haftalar, aylar geçmemiş gibi, oracıkta duruverir işte. Gidenlerin özlenmesi üzerine ne kitaplar, ne şiirler yazılmıştır. Peki ya kalanların özlenmesi? Yani giden o değil de sizseniz, bu durumu kaldırabilecek kaç yürek vardır ki bu dünyada? İnsan kendini nasıl affeder ki? Düşündükçe başıma ağrılar giriyordu. Çok korkuyordum.

Bazen birinin senin için dua etmesini istersin. Belki annenin, belki babanın, belki de sevdiğinin. Habersiz, plansız, tam ihtiyacın olan anda sol yanına esen bir rüzgârdan anlarsın duanın gelişini. Sevmek, sevdiğin dua ettiğinde hissetmek midir yoksa? Bazen alışkanlıklarının içinde kaybolursun. Alışmak istemezsin alışmak zorunda bırakıldığın şeylere. İnsan özlüyorsa alışamıyor. Alışırsa da özlemiyor.

Uyumadım o gece evet... Bir kahve yapıp oturdum kitabımın başına. Uyumaktan korkuyordum. Belki de rüyamda Seyyah'ı görmektendi korkum... Belki yüzüne bakamamaktan, belki söyleyecek söz bulamamaktan... Bu yüzden kendim kıydım uykuma... Sabaha kadar okudum...

Bazen o kadar çok düşünüyorsun ki, düşüncelere kurban gidecek gibi hissediyorsun kendini. İnsan bir hatanın içine düştüğünde bilmezlikten geliyor. Öyle değil mi, kime hatasını sorsan "Evet, yaptım..." cevabını alabilirsin? Bizi inciten şeyler aslında bilmezlikten gelip zamanında kendimizi kandırdığımız şeyler oluyor genelde.

Bazen çekmek zorunda kalırsın en ağır çekilmezlikleri. Dikensiz gül olmaz dersin, çilenle avutursun kendini. Derdini sahiplenirsin. Geceleri sağanak yağmur yağarken çayının tadını öyle alırsın ki, yıllanmış dost gibi tutar ellerinden. Sanki bütün şarkıcılar durumun farkındaymış da şarkılarını senin için yazıyorlarmış gibi gelir.

Bazen ara ara düşünürsün. Ve bazen öyle sıklaşır ki o bazenler, bütün bir ömrünü kaplar ve kendini hep düşünürken bulursun. Bunları bile bile nasıl gittiğini düşünür durursun.

İnsana haksız yere yalnızlık vermezmiş Allah ve babamın dediği gibi bir an bile şüphe etmiyorum: "Güzel günleri hak edenlerin güzel günleri gelecektir."

Gözlerimi sımsıkı yumduğumda güzel günleri göresim geliyor. Bazı geceler böyledir, hüzünlüsündür. Bazı sonlar da böyledir, acı biter. Ama iyi insanlar için hayatın hep güzel planları vardır ve belki de her şey daha yeni başlıyordur...

4. Bölüm

Üniversite, Meftun, Kütüphane, Aşk, Tarçın

Dertsizler uyudu, bize kaldı ne varsa...
Kâğıt kaleme sarıldı, biz yalnızlığımıza...

Aralık, Konya...

Yüzümde bir tebessüm, bir aklıselimlik bu aralar. Hayır unuttuğumdan değil. Bildiğimi sandığım ama taklitte kaldığım bu yolu bana hissettireni unutursam, bu gözler utansın her baktığında dünyaya. O, benim gönlüme açılan ilk pencereydi. O penceresiz bakabilir miyim artık bu hayata?

Başka bir şey var artık. Başka bir his. Bir çocuğun yaklaşan bayram günü sevinci gibi. Bir güzel huy edinmek gibi. Tuhaf bir hoşnutluk. Bu aralar kadınların arasına değil babamların akşam sohbetlerine katılmaya çalışıyorum olabildiğince. Mutfakta servis penceremi bir parmak aralayıp geçiyorum köşeme... Heybeme, gönlüme biriktiriyorum içeriden esen rüzgârları. Bazı bazı ayaklarıma sarılan soğuk suların kaynağına yakınlaşmış gibi hissediyorum kendimi.

Güzel günlerin geleceğine inanıyorum. Allah yeniden başlayanların yardımcısıdır.

Pencerenin önünde başımı eğip sohbete kulak verince beni kimselerin görmeyeceğine inanıyorum. Öyle de oluyor. Baş başa bırakıyorlar beni muhabbetlerle. Her kelime vücuduma girip ona ihtiyaç duyan hücreme varıyor. Güzel güzel sakinleşiyorum.

Yarım sene geçti üzerinden...

O ıstıraplı gidişimin üzerinden koskoca yarım sene geçti...

Siz hiç balık beslediniz mi? Akvaryumun dışına sıçramış bir balığı izlediniz mi? Çırpınışını, nefessiz kalışını. Akvaryumun dışında kalmış bir balığın gözlerindeki yaşa baktınız mı? Balıklar ağlar mı?

Balıklar susuz, insanlar da yurtsuz kalırsa ağlarmış. Yurt derken ayağını bastığı yerleri değil gönlünü emanet edebildiği yerleri kastediyorum. Haziran ayında tutmaya başladığım nefesimin üzerinden tam altı ay geçmiş. Hâlâ doğru düzgün, içime sinerek nefes alamıyorum.

Bu sürede beni dünyaya bağlamaya çalışan birçok zincirimi kırdım. Sorsalar Allah için derdim tabii ki, ama şimdi hamlığını ateşten geçirmiş bir genç kızdım. Bu ayrılık beni ziyadesiyle yaktı, bıraktı. Artık nefsimin beni sağa sola çekiştirmeleri çok azalmıştı.

Ansız bir vakitte bir doktor size, "Amansız bir hastalığa yakalandın kurtuluşun yok!" dese ne hissedersiniz? Artık hayatınıza kaldığınız yerden devam edebilir miydiniz? Televizyonda müptela olduğunuz diziler, programlar sizi ne kadar ilgilendirirdi artık? İşiniz, geleceğiniz, endişeleriniz ne kadar umurunuzda olurdu?

Bütün dinlerde öne çıkan bir cümle vardır: "Ölmeden önce ölünüz." Babamdan da çok duymuştum ama ilk kez âşık olunca anlamıştım.

Bu öğüt gibi, bu ayrılık da nefsimi ölmeden önce öldürmüştü. Kolay değil ama kıymetli bir ölüm bu. Dünya koşturmasından geçmiştim artık. Bunu söylerken okulumu aksattığımı düşünmeyin, tam tersine üniversitemin en yüksek notlarını en başarılı projelerini bu yıla sıkıştırmıştım. Çünkü derdim varoluş amacımı yerine getirmekten öteye gidemezdi artık. Örnek olmaktan, bildiğimi anlatmaktan güzel öğrenciler yetiştirmek yürümeye yemin ettiğim yoldu artık.

Babamın herkese üstüne basa basa söylediği hale geliyordum gün geçtikçe: "Dünyada yaşayın ama dünyalı olmayın."

Artık hedeflerim netti, amaçlarım vardı ve onlar için yaşıyordum. Eğitimime devam edip dünyanın en edepli, en ahlaklı, en çalışkan çocuklarını yetiştirmeye ant içtim. Ne televizyon, ne diziler, ne kızların takıntıları, dedikodu muhabbetleri, ne süslü bir şeyler. Tek yol, tek nefes, tek amaç kalmıştım artık bu dünyada...

"O'nun için yaşarsan O sana bütün yolları gösterir ve yolları sana kısaltır güzel kızım" derdi ve sürekli Birlik Dükkânı'nda da çok geçen o cümleleri sorarlardı peş peşe...

"Allah der ki: Kimi benden çok seversen onu senden alırım ve ekler:

Onsuz yaşayamam deme, seni onsuz da yaşatırım.

Ve mevsim geçer, gölge veren ağaçların dalları kurur

sabır taşar, canından saydığın yâr bile bir gün el olur.

Aklın şaşar, dostun düşmana dönüşür, düşman kalkar dostun olur.

Öyle garip bir dünya, olmaz dediğin ne varsa olur.

Düşmem dersin düşersin

şaşmam dersin şaşarsın

en garibi de budur ya

öldüm der durur yine de yaşarsın..."

Biliyorum, Allah isterse İstanbul ile Konya'yı birleştirir. İsterse İstanbul Boğazı'nı odamın penceresinden izlerim.

Babamın da dediği gibi: "Senin vazifen neticelere kafa yormak değil olabildiğince O'nun yolundan çıkmamaktır. Sen doğru kal da varsın gözler ağlasın..."

Ben ağlarım, zaten gözler ne için var ki?

İnsanların gözleri görmeye yararmış. Âşıklarınki ise ağlamaya.

Bir de aramaya. Sevdiğini...

***

Akşamları sohbet olmadığında hep birlikte yemekteyken ailece masada sohbet ederdik. Bir keresinde "Baba, sofrada konuşmak günah değil mi?" diye sormuştum.

"Olur mu kızım asıl sofrada konuşulur. Ağzında yemek varken konuşmak iyi değildir ama aile sofrada buluşur. Evde kim var kim yok herkes o sofraya gelmeli, muhabbete katılmalıdır ki hem ekmeğimizin hem gönlümüzün bereketi artsın."

O akşam babam anneme sahafta olan biteni anlatıyordu.

"Şu genç..." dedi babam. "Hâlâ bırakmadı."

"Maşallah de efendi" dedi annem.

"Allah'ın hikmeti işte. Konya'da doğup büyümüş gençler sanki bu meselelerden muafmış gibi yaşarken bu çocuk ne zamandır canını dişine taktı da işini bırakmadı. Çok da bir şey bilmiyordu ilk geldiğinde aslında ama ne anlatsak sünger gibi emiyor. Zaten kim ne biliyor ki bu ummanda? Maşallah, maşallah."

"Kiminmiş, nereliymiş?" diye sordu annem.

"Öyle çok da bahsetmez kendinden. Münzevi, müspet bir delikanlı. Haletiruhiyesinden belli, âşık çocuk. Âşık olmayan bu ilmi ders diye alır, âşık ise nefes almak için alır. Kimseyi bağlayamazsın Pir'e böylesine. Bir insana aşk değdi mi uzaklardan belli eder halini. Sabah baksan uykusuz gecelerini, cümlelerini dinlesen eksik olan yanlarını anlarsın. Bu delikanlıya da belli ki değmiş bir şeyler, hatta çarpıp da geçmiş. Ama iyi etmiş. Bakmayın üç günlük dünyanın sızısına. İnsan dertle nasıl piştiğini bilse bütün dünyanın dertlerini sırtlamak ister. Dertsiz adam olmaz. İnsanın Allah yolundaki değeri derdiyle ölçülür."

"Nereliydi, evi barkı nerede?"

"İstanbul'da yaşıyormuş aslında. Burada kimsesi yok. Herkesle de hasbihal etmez, kendi halinde vakur bir meşrebi var. Eylüldü herhalde, o vakitten beri burada işte. Cennet ağabeyim getirmişti dükkâna. Şems hazretlerinin karşısında bir başına otururken görmüş. Muhabbet heveslisi olduğunu anlayınca buraya getirmiş. Epey oldu, bizim kitapçıyı emanet ettik ona. Böyle gel git ne yemeğe ne konaklamaya para dayanır hanım. Para da istemiyor, kitap okuyayım, üst katında da yatayım yeter diyor. Yani hem kitaplara sahip çıkıyor, hem bizim buranın çocuklarına örnek oluyor. Hüznü, yüzünden belli. Tertemiz bir çocuk. Zaten seven adam güzelleşir, temizlenir, aklanır. Bu çocuk da belli ki temiz seviyor. Sevdiği de yüzüne vuruyor."

Ne güzel anlattı babam. Bazı insanlar içimizde biriktirdiğimiz umutları suluyorlar adeta. Çoğu, güneşimize gölge olsa da bazıları ay gibi, bir yerlerden bulup buluşturduklarıyla umutlarımızı aydınlatıyorlar. Böyle insanların varlığını bilmek güzel. Uzakta da olsa, güzel insanları bilmek güzel...

ӿӿӿ

Mavi bir kapta, gökyüzü gibi masmavidir su. Benim gibi oyunculuk yapıp da gözlerini kısarak bakarsan, martıları, bulutları bile sığdırırsın küçücük mavi bir kaba. Yeşil kapta da küçükken babanın dikmeyi öğrettiği fidanları canlandırırsın gözünde.

Hiçbir hayvan bunu beceremez. İçi dışı mana olan insan bilir suyun aktığı yerin rengine büründüğünü. Öyledir bazen karşımıza gelen sebepler. Bakarız rengine, ya uçarız havalara sevinçten ya da dibe vururuz. Sebeplerin rengine göre hayatımız bir oraya bir buraya gider durur.

Oysa bir dağın tepesinden çağlayan bir şelalenin dağın eteklerinde yolunu bulması gibiydi başımıza gelen şeyler. Renksizdi. Gördüğümüz renkler bu dünyadandı. Bize öğretilenler, algı biçimimiz, alışkanlıklarımız, önyargılarımız, bizi biz yaptığı söylenen her şey.

Bir ceylan ne yapar dağın eteklerindeki suyu görünce? Önce etrafı kolaçan eder, sonra başını usulca eğer ve yudum yudum içer o soğuk sudan. Ona mı kalmıştır suyun nereden aktığı, üzerinden süzüldüğü taşların renkleri? Hayır, ceylan sadece içer o serinliği.

Başımıza ne gelirse gelsin, aslen renksizdi. Siyah kapla bakarsan siyah, beyaz kapla bakarsan beyazdı. "Başına bir şey gelince hayır olsun de, senin görevin o şeyi tanımlamak değil, ona Allah için sabretmek" derdi babam hep...

Zamanın birinde bir hükümdar ve kendisine her olayda "Vardır bunda da bir hayır..." diyen veziri varmış. Hükümdar da bunu bir dua kabul eder ve memnun olur, yapacağı işleri hep bu vezirine danışır, öyle yaparmış. Sarayda bir de bu vezirin hükümdarla yakınlığını kıskanan vezir varmış. Sürekli, ne yapsam da bunların arasını bozup hükümdarın as veziri ben olsam diye düşünürmüş.

Gel zaman git zaman, nihayet vezir bir yolunu bulmuş ve hükümdarın çok güvendiği bu iyi vezirine iftiralar atarak zindana attırmış. Bir gün hükümdar ve yeni as edindiği veziri ava çıkacaklarmış.

Hükümdar, atlarından hangisine bineceğine karar veremeyince zindandaki vezire sordurtmuş. Zindandaki vezir siyah atına binmesini söyleyince hükümdar da siyah ata yönelmiş. Ancak siyah at birden huysuzlaşmış hükümdarın elini ısırmış, küçük parmağını kopartmış. Bu hadiseden sonra hükümdar çok öfkelenmiş. Doğruca zindana inip başına geleni anlatmış vezirine. Vezir "Üzülmeyin..." demiş yine her zamanki gibi. "Vardır bunda da bir hayır."

Hükümdar çok sinirlenmiş. "Ey efendi!" diye çıkışmış. "Sana parmağım koptu diyorum anlamıyor musun? Ne hayrı, bunun nesi hayır?"

Falaka cezası vermiş vezire. Hükümdar, eli iyileştikten sonra yeni vezirini de yanına alarak erteledikleri ava koyulmuş yine. Yarım günlük mesafe kat ettikten sonra birden karşılarına eşkıyalar çıkmış. "Hem malınızı hem canınızı!" demişler.

Malları aldıktan sonra veziri oracıkta öldürmüşler. Hükümdara da kılıç çekmişler ki parmağının kesik olduğunu görünce durmuşlar. "Biz sakatları kurban etmeyiz" deyip hükümdarın malını alıp atıyla birlikte salmışlar.

Hükümdar bitkin halde sarayına dönünce hemen zindana gidip eski vezirini bulmuş, ondan helallik istemiş. "Yine haklı çıktın..." demiş. "Parmağım kesik diye eşkıyalar beni öldürmekten vazgeçti, ama sen bütün bunları nasıl biliyorsun?" diye sormuş.

Falakadan ayakları şişen vezir, "Sultanım..." demiş. "Ava çıkacağınız yolda kötü eşkıyaların olduğunu ve gördükleri herkesin yolunu kesip soyduklarını sonra da öldürdüklerini biliyordum. Sizi yakaladıklarında öldürmemeleri için tek çare sakatlanmanızdı. Ben de sizi huysuz ata yönlendirdim."

Hükümdar hayretler içerisinde dinliyormuş veziri. "Tamam bütün bunları anladım ama sen burada aylarca zindanda kaldın, falaka yedin, bu da mı hayır be adam?" diye sormuş hükümdar.

"Evet sultanım..." demiş vezir. "Eğer zindanda olmasaydım sizinle ava gidecektim. Eşkıyalar beni öldürecekti bu kez..."

Bazen hiç kavuşamayacağından korkar da asıl kavuşman gerekeni kaçırırsın. Bazen gidenlerin ardındaki hakikati anlamayıp isyan edersin de Allah'ın sana "Bana gel diye aldım onu senden" mesajını almazsın.

***

Babamın sohbetlerinden öğrendiklerimi mümkün olduğunca defterime not alırdım. Seyyah'la da çok kez birlikte okuduk bu defteri. Hatta kendi elyazısıyla notları bile var defterimde hâlâ.

Anılar... Bir yazar "Anı biriktirmekle acı biriktirmek arasında fark yoktur" der. Öyledir sahiden... Bir zamanlar içinde yaşarken mutluluk duyduğum şeylere uzaktan bakarken keder içindeyim...

Anılar hiç bırakmıyor ki insanın yakasını. Gözünü kapasan hayallerinden yakalıyor, gözünü açsan yağan yağmurdan yakalıyor seni. Her şey yitip gidiyor, bitip tükeniyor da her nasıl oluyorsa şu anılar hiç azalmıyor, hiç bitmiyor.

Adım adım geziyorsun kafanın içindeki eski sokaklarda. Her gördüğüne selam verip alıyorsun. Hepsi hali vakti yerinde, unuttuğum ne bakkal var ne simitçi. İstanbul ve ona dair her şeyi, hayalimde ışıkları hiç sönmeyen sokak lambalarımın altında saklıyorum. Lambalar değil, lambalarım diyorum. Sokaktakileri öyle hayal edip benimsiyorum ki, artık oraların hepsi benim.

Anılarımdan kalan ağaçların çevresinde dünyanın en güzel çiçekleri açıyor. Bol bol sulayıp güneşlerini ihmal etmiyorum. Ben böylesine ayrıyken güneşimden o çiçeklere kıyamıyorum.

Güneşin doğduğu, Şems hazretlerinin Hakk'a kavuştuğu yerden yazıyorum kâğıtlara.

Gel diye değil, olduğumu hissetmek için. Sana değil, aslında kendime yazıyorum... Dünyayı silip attığımın ispatıdır artık bu halim... Bu, cesedin içinde aşktan başka bir şey kalmadığının ilanıdır. Bu yangın bendeki o nefsi yaktı, küllerini rüzgâr savurdu Seyyah'ım. Bırak bu bedenler çeksin acıyı, seçimimiz nefsimiz için değil Allah için olsun.

Öyle işte, insan alışıyor her şeye. Sevmeye bile alışıyorsun da, sevdiğini unutmaya alışamıyorsun işte.

***

Bir çocuğa verilebilecek en güzel hediye kütüphaneymiş. Zaten Anadolu'da kütüphaneler açma idealinin altında da bu yatardı. Gelecek okuyan çocukların elinde şekillenecek derdi babam. Sanırım 18 olmuştu tabelasında "Sahaf Baba Kütüphanesi" yazan kütüphanelerin sayısı.

Odamdaki koyu vernikle samimiyeti artırılmış kütüphanemi babam hediye etmişti lise sınavına girdiğimde. Kazandığımda değil ama, sınavdan çıktığımda evde hazır bekliyordu hediyem. "Sonucuna değil, çalışmanadır bu hediyem canım kızım" demişti.

Şimdi bakıyorum doğal ahşabın hayallerime nasıl da uyduğuna ve bana hayal kurduran kitaplarımla nasıl güzel gözüktüğüne. Kendimi biraz suçlu hissediyorum. İnsanlar neden mobilyalarına hayaller bağlıyorlar? Hevesle aldığınız onca şeyi düşünün, ne zaman almalarımız bitecek? Ne zaman tam olacağız, ne zaman kendimize, "İşte tamam, oldu, bu kadar!" diyeceğiz?

Çok zor değil mi? Bu hayatta insan madde ile hiçbir zaman tamamlanmaz. Yaratılışta bu yoktur ki. Sürekli doğum ve ölüm, sürekli yer değiştirme, sürekli bir hareketin içerisindeyiz. Hangi renk ayakkabıyı seçersek seçelim mutlaka bir gün eskiyecek ya da bir şeylerle uyumsuz olacak. Hangi eve sahip olursak olalım sorunları hiç bitmeyecek ve yıllarca orada yaşasak bile hiç tamamlanmayacak. İnsanın hisleri ve istekleri sürekli bir devinim içinde.

Dünya sonsuzluklar dünyası değil, burası kısıtlamalar dünyası. Her şey kısıtlı... Yürümen, yorulman, tat alman, paran, görmen, duyman, dokunman, yaşaman. Hepsi kısıtlı, süreli, limitli... Şu satırları okuyan herkes yüz yıl sonra toprağın altında olmayacak mı?

Bir derdin sizde hal olduğunu basit bir kütüphane örneğinden yola çıkıp derinlere dalmanızdan anlayabilirsiniz. Bu hisler, bu düşünceler bende artık bir anı, bir heves, kuru bir bilgi değil. Aylar da, yıllar da geçse aradan ben artık buydum. En sevgiliye kavuşma fikri dışında hiçbir şey mantıklı gelmezdi bana. Başka ne yapsam eksik kalacaktı çünkü. Başka ne yapsam ölümlü kalacaktı en sevgilinin yanında. Bu dünyaya hiç alışamama durumunu üzerimden atamayacaktım.

Eğer hak ediyorsam, sol yanıma üflediğim dualarımı kabul edecek olan da O'ydu. Ama babamın da dediği gibi, ben odunun bile eğrisinden vazgeçersem bu olabilirdi.

Ben Seyyah'tan gideli aylar olmuştu ama bana sorsanız birkaç ömür gibiydi...

Beni bul diye beklemiyorum artık Seyyah... Gözüm yollarda ama ben de peşinde değilim... İzini sürmüyorum. Seni kovalayarak yakalayamayacağımı biliyorum çünkü... Bizi ancak gönüllerimizdeki hakikat bir arada tutacak... Bu yüzden sessizim, bu yüzden isyanda değilim, bu yüzden feryat etmiyorum. Nefsimin sesini kısıyor, gönlümün hakikatini işitmeye çalışıyorum. Sana ulaşabilmemin başka bir yolu olamaz. Çünkü biz irademizle değil, gönlümüz üzerinden bağ kurduk seninle. Bu yüzden yüzünü görmeyi değil, gönlümün sana kavuşmasını diliyorum artık...

***

Almanya'dan misafirlerimiz gelmişti Şebi Aruz törenlerini izlemek için... İki üç hafta kalacaklardı Konya'da... Annem "İlle bizde kalırsınız, başka yere bırakmam" diye ısrarcı olunca iki haftalığına bize yerleştiler tabii...

Köyden komşularımızdı aslında. Uzaktan akrabalık da var aramızda. Biz Konya'ya taşındığımız sene onlar da Almanya'ya yerleşmişlerdi. Rıfat Ağabey babamla aşağı yukarı aynı yaşlarda. Ticaretle uğraşıyor Almanya'da. Gurbetçilerin rağbet ettiği bir şarküteri dükkânı var...

Eşi de gün boyu dükkânda, yardımcı oluyor kocasına. Üç de çocukları var. En büyüğü benimle yaşıt. Üniversite okumamış Almanya'da, bir ofiste sekreterlik yapıyor. Ortanca lisede, ufak olan da ilkokul ikinci sınıfta henüz.

Maaile kalkıp gelirler her yıl... Şebi Aruz'u kaçırdıkları pek vaki değildir daha... Bayılırdım onların kültürlerine karşı gösterdikleri bu sadakate, bu özene... İki hafta boyunca çocuklarını Konya'da gezdirmeye, yedirip içirip ağırlamaya talip olmuştum. Çok sevindiler... Okuldan çıkar çıkmaz misafirlerimize adıyordum kendimi... Konya'yı köşe bucak gezecektik hep birlikte... Ney kursunu ihmal etmiyordum elbette, okuldan da geri kalmıyordum ama yoruluyordum tabii... Hayli koşturmalı, yoğun günler geçiriyordum son zamanlarda.

Hafta sonu misafirlerin çocuklarıyla bizim sahafa gitmiştik. Cennet amcamın küçük kızı Esra da vardı yanımızda. Misafirler dükkânı gezmek isteyince haliyle üst kata çıktık. Çocuklar babamın yanında çalışan delikanlının kaldığı odaya girmişler ben farkında bile olmadan.

"Hay Allah..." dedim. "Burada başkası yaşıyor. İzinsiz daldık odasına, hiçbir şeyine dokunmayın, hadi dışarıya hemen..."

Esra kapının önündeydi zaten. Rıfat Ağabey'in çocukları da anlayışlıydılar aslında ama yatağın karşı duvarında asılı uçurtmayı görünce aklı başından gitti ufaklığın. Almanya'da görmemişler tabii. Bizim evde de var dememe aldırış etmeden, yakalayınca uçurtmayı bırakmadı. Ben de babama haber vermek istedim durumu. Neticede emanetti izinsiz alınmazdı. Babam ufaklığın başını okşayıp, "Hadi gidin hava müsaitse meramda uçuruverin" dedi.

Odam uçurtma dolu olmasına rağmen çok sevmiştim bu gülkurusu uçurtmayı. Büyümeyen bir yanım vardı hep. Büyümekle inatlaşan bir yanım. Ne kadar yansam da, pişsem de, küle dönsem de içimdeki çocuğun temiz ve canlı kalmasını istiyorum hayatım boyunca.

"Dikkat et bir şey olmasın ama uçurtmaya..." dedi babam "İstanbullu pek düşkün ona... Üzülür sonra. Ta nerelerden alıp getirmiş onu ayıp olur."

"Merak etme babacığım..."

Bize uğrayıp benimkilerden de iki tane yanımıza alıp geçtik meramdaki açık parka. Çocuklar tatillerinin en güzel gününü geçirdiler uçurtmayla. Ben de uzun zamandır gökyüzünde tutmamıştım bu umut kuşlarının iplerinden. Bana da iyi gelmişti.

Konya kalabalıktır aralık ayında. Şebi Aruz bir kültür festivali gibi yaşanır Konya'da... Her memleketten insan gelir. Sokaklar gece gündüz dolup taşar. Sessiz, dingin, mistik bir festivaldir...

Düğün gecesi derler Şebi Aruz'a. Mevlana'nın aşkına kavuştuğu gecedir. Hayata gözlerini yumup aşkın kaynağına döndüğü bir düğün gecesidir. Büyük vuslatın yıldönümü olarak her yıl aralık ayının 17'sine denk gelen haftalarda kutlanır. Şiirler okunur, şarkılar söylenir, ikramlar sunulur, turistler gelir, musiki dinletileri olur, ney sesleri yükselir hemen her köşeden. Ne zaman gecedir, ne zaman sabah anlamazsınız. Bir sokağın köşesinde belki çoğu birbirini tanımayan bir grup oturmuş kâinatı konuşuyor, başka bir sokakta insanlar kâinat gibi sema ediyor olabilirler...

Ölümü sevgiliye vuslat olarak görmek nasıl ince bir düşüncedir öyle... Gün boyunca akşama kadar ellerimizde uçurtmalarla bu soğuk havada hem terleyip hem üşüyünce zaten kırgın olan bedenim iflas etti sonunda.

Ertesi birkaç gün de bu yaramazlığın bedelini yatakta ateşler içinde geçirmiştim tabii. Ama sorsalar "Değdi mi?" diye, "Evet değdi..." derdim.

Babam sağ salim uçurtmayı İstanbullu'ya ulaştırmıştı ama birkaç gün kalkamadım yataktan. Misafirlerimizle de söz verdiğim gibi ilgilenemediğime üzülüyordum bir yandan. Neyse ki annem yetişiyordu hepimizin imdadına. Misafirlerimizi ağırladı, bana güzel bakıp kısa zamanda toparlanmamı sağladı. Hasta olduğum sırada da defterimi özlediğimi fark ettim ve birkaç sayfasını doldurmuştum.

Seyyah olsaydı "Temrin" derdi bana. "Elini alıştırmalı, yazmayı hayatının bir parçası haline getirmeli, temrin etmelisin hep..."

Yazıyla temrin yapmam için bir defasında çok sevdiğim bir kitabı olduğu gibi deftere geçmemi istemişti. Şaşırmıştım. Yazılmış bir kitabı deftere geçmek de neymiş ki?

"İşte bunun adı temrindir..." demişti Seyyah... "Elin, aklın, gözün, ruhun yazıyla ritim içinde olmalı. Bütünleşmeli... Aksi halde defterine notlar almaya devam edersin sadece..."

Hemen o gece sevdiğim kitaplardan birini alıp temiz de bir defter edindim kendime.

***

Size babamın annem için "Ben konuşurum ama asıl bilen odur" dediğini söylemiştim. Gerçekten de annem çevresini geliştiren, herkese örnek olmaya çalışan çok çalışkan bir kadındı. Hasta olup evde çok vakit geçirdiğim günlerden birinde bize gelen bir kızla annemin konuşmasına kulak kesildim. Annem yeni evlenmiş bir kıza nasihat ediyordu:

"Kadın olmak zordur evet ama sadece annelik duygusu için bile kadın olmanın tüm zorluklarını sevebilirsin çünkü bir canlıyı dokuz ay boyunca bedeninde, tüm hayatın boyunca da kalbinde ve ruhunda taşıyorsun.

Herhangi bir kadın bir çocuk doğurabilir; bu çok basit bir olaydır. Ancak anne olmak büyük bir sanat gerektirir, büyük bir anlayış gerektirir.

Anneler çok hatalar yapabiliyor. Bazen çocuğunu ihmal edip onu bakıcılara teslim edip evladına anne sevgisini gösteremiyor ya da fazla ilgilenip çocuğun etrafta olan biteni anlamasını güçleştiriyor. İkisi de yanlış. Çocuğuna yardım et. Hayata karşı yardım et ve ona bu dünyaya neden geldiğini anlatmaya çalış. Nasihatlerinden önce çocuğunla, eşinle birlikte örnek ol.

Çocuk kadının içinde dokuz ay yaşamış olacak da dünyaya gelecek. Başka kimse sende yaşamayacak. Başka kimseyle aynı anda nefes alıp vermeyeceksin. Annenin çocukla kurduğu bağ bu kadar başka bir derinliğe sahipken, sabahtan akşama kadar, çocuk anlayacak yaşta olsun olmasın fark etmez, onların önünde izdivaç, magazin, kadın programları izleyenler var.

Çocuk elbet büyüyecek, ayrı bir birey olacak ama o bağ hep kalacak. Fiziksel bağlantınız kopmuş olacak ama duygusal bağlantınız hep olacak. Allah'a şükret kızım, annelik Allah'ın bir rahmetidir.

Bu düşünceler içinde olursan Allah da yardımcınız olur kızım. Anneliğin çiçek açar evinizde. Ve o çocuk inşallah güzel bir insan olur. Öyle olursa da bu hayatta yapabileceğin en büyük şeyi yapmışsın demektir.

Kızlar on beş yaşından sonra içgüdüsel olarak her çocuğa karşı erkeklerden fazla olarak koruma kollama içgüdüsü içindedir. Kendi çocuğunda yaşayacağı duyguların hazırlığıdır aslında bunlar. Bir kadın anne olduktan sonra aşkın ne olduğunu anlıyor. Hep ona dokunmak, koklamak istiyorsun. Geceleri eşin bir şey rica edince üşenip 'Kalkmasam olmaz mı?' diyorsun belki ama bebeğinin küçücük bir sesine hemen yanında kesiliveriyorsun. Hem ağlamasına mı gerek kalıyor sanki, öyle gece uykudan uyandığında gidip öpesin, ona bir bakasın geliyor."

Sonra, "Belki davul zurnanın uyandıramadığı anneyi, gecenin köründe bebeğinin kısık sesine uyandıran şeyin adı nedir?" diye sordu annem kıza.

"Aşktır kızım..." diye ekledi ardından. "Aşktır."

***

Tarçın kokan sokaklarım var odamın köşelerinde. Sokak hiç sığar mı odaya demeyin. Siz hiç pazar günü erken kalkıp güneşin doğuşunu elinizde çayla izleyip hayallere daldınız mı? Bir kez bunu deneyin ve bu sayfanın kıyısına köşesine, bir yerlerine yazın bakalım sizin sokaklarınız ne kokuyor?

Rabbim insana öyle bir hal yüklemiş ki, öyle bir hayal gücümüz var ki, bir anımızla diğeri birbirini tutmayabiliyor. Öyle çok düşüncelerin uçuşuyor ki beynimin içinde, ahları, vahları, tühleri kulağımda çınlıyor. Her defasında daha fazla ve en çok ağrıyan yerlerimden vuruyorlar.

İşte yine bir ses geldi ama bu kafamın içinden değil, mutfaktan gelen bir sesti. Koşa koşa mutfağa gittim. Süt, neden beni unuttun dercesine iyiden iyiye taşmış ocağa. Size bir tavsiye, iyi hayal kuruyorsanız bir şey pişirirken dikkatli olun. Hayallerde gezinirken mutfağı batırabilirsiniz. Bu arada hayatınızdan şekeri çıkarıp yerine tarçını koyarsanız bedeninize ve dolaylı olarak da ruhunuza çok büyük bir iyilik yapmış olursunuz. Sütü ekseriyetle üzerine biraz tarçın ekleyip için.

Bizi ters köşe yapan içimizdekilerden bahsederken dışarıdakileri atlamak olmaz tabii. Özellikle de değişmeyeceğine dair kanaat notu kullandığınız dostlarınız var ya, işte onlara dikkat edin. Sonra kendinizi yaramaz bir öğrenci tarafından kandırılmış bir hoca gibi hissedebilirsiniz.

Yokluk hissedilir mi? Yokluğun bir tarifi var mı ya da? Hani içimizde biriktirdiğimiz ve anlatmayı beklediğimiz ama asla karşımıza çıkmayanlar için kullanabilir miyiz bu terimi? Sahi nerede bu güzel dinleyen insanlar?

Bir çeşit uzuv olsaydı herkesin ihtiyacı olan insanlar da ayrılmasalardı yanı başımızdan olmaz mıydı? Olsaydı ne olurdu ki hem? Bir dakika, yoksa zaten birer uzuv oldukları için mi onlara bu kadar ihtiyaç duyuyoruz da onlarsız dönmüyor bu dünya diyoruz?

Her şeye rağmen yine de dingin bir telaşla, insan sevdiğini yanında istiyor. Neden mi? Çünkü her şey herkese anlatılmıyor.

Evet, herkes her tuttuğu eli ömürlük sanıp artık her şey anlatılır sanıyor da. Yok, olmuyor işte. Bu dünyada, dünya için sevenlerin işleri pek rast gitmiyor.

***

Sabahları baba sesi, güne başlamanın en iyi yolu. Dünya işlerine başlamadan önce bir nevi terapi gibi. Mutfağa su almaya giderken babamı gördüm.

"Kalktın mı güzel kızım?"

"Tabii ki babacığım, biraz da susamışım, ister misin?"

"Ver kızım biraz, daha vakit var, birkaç damla da gül sirkesi damlatıver bardağa."

Babam sirkeyi çok severdi. "Çok sırlar vardır, bolca tüketin" derdi herkese. Biz de her salataya mutlaka sirke koyardık. Köylerden gelmiş çeşit çeşit sirkeler bulunurdu evimizde her daim.

Dışarıda biraz rüzgârlı havadan dallarını sallayan ıhlamur ağacımız sokak lambasının ışığını odanın içinde dans ettiriyordu. Burada olup görmenizi hissederdim tam şu anı. Babam gözlerini kapatmış, her zamanki gibi yere çömelmiş sakince duruyordu, suyu getirip sehpasına koydum.

"Buyur babacığım."

Allah kimseyi vakitsiz babasız bırakmasın. Öyle bir güç ki evde. Gölgesi seni koruyup kollamaya yetiyor. Kocaman bir çınar ağacı gibi, bütün gücümüzü babamdan alıyoruz.

Anlatmaya başladı içinden geldiği gibi. Odanın duvarlarındaki ışığın raks edişi ve babamın sohbetindeki incelik beni kendimden geçirdi:

"Dünya meşgaleleri fazla tabii. Bu devirde insanın mana âleminden kopmaması sarp kayalarda keçilerin yürümesine benziyor. Az bulduğu yollarda yürümeye çalışıyor insanlar ama aşağıdan kurtlar sürekli çağırıyorlar. Aşağıya gelsenize burası çok rahat diyorlar.

Onların bizi çağırmasının sebebi bizim rahatımız değil, onların kendi karınlarını düşündükleri içindir. Dünyadaki işimizi en iyi, en başarılı şekilde yapmaya gayret edelim. Allah'ın haklarını gözetelim. Kimsenin hakkına girmeyelim ama mutlaka ruhumuzun gıdasına vakit ayıralım çünkü insan maddeden öte manadır.

Çık dışarı ve olan bitene bak kızım. Gençler etrafa bakarak kendilerine yaşayacak hayat arıyor, yaşlılar da toprağa bakarak kendilerine yer bulma peşindeler. Kimse gökyüzüne bakmıyor. Unutturmuşlar bize kızım gökyüzünü. Önce gökyüzünü sonra da özgürlüğümüzü unutturmuşlar.

Kısıtlı düşünceler içerisinde yaşıyoruz. 'Ben neyim ve bu hal de neyin nesi?' diye kendimize sormadan bedenler can verip gidiyor. Anlayamadan, tartamadan öylece gidiyoruz.

Allah de kızım. Ve gökyüzüne bak. Özgürlüğe bak. Şu yaratılanlara bak. Çıplak ayaklarınla bas toprağa. İnsanların anlattıklarından kurtul, gerçeğin peşinden koş."

Odanın ışığı sönük, yüzüm net görünmediğinden kendimi tutmadım ağlamaya başladım. Seyyah babama çok benziyordu. Bir babamın kelimeleri yetişmişti bu dünyada imdadıma bir de Seyyah'ınkiler. Ben babamın kucağında nefes almaya başladım. Pembe yanakları, sarı elbiseleri olan küçük bir kızdım. Büyüdüm ve Seyyah ile anlamaya başlamıştım.

Babamın kucağından çıkıp bir adamın yüreğinde yaşamak varmış nasipte. Ne yaşamaya taliptim böyle bir sevdayı ne taşımaya. Ne de kendi ellerimle kazdığım ayrılık kuyusuna düşmeye.

Babam sanki içimdeki konuşmaları duymuşçasına son cümlesini söyledi...

"Bir olana meftun bir gönlün imtihanının ağırlığı dağlardan da büyük olurmuş güzel kızım. Cahillik bilmemenin değil aşksızlığın adıdır. Aşk büyük bir imtihandır ama unutma güzel kızım, büyük imtihanların mükâfatları da büyük olur."

***

Babamla muhabbetlerimiz hep farklıydı bizim.

"İnsanı anlamadığın, anlamlandıramadığın sürece sadece karikatür karakterler inşa edersin hikâyelerinde" dedi. Bunun üzerine sudaki yansımasından korkan fil örneğinden söz etmeye başladık.

Suyunu içsin diye, fili bir su kaynağına götürmüşler ama fil suda kendi yansımasını görünce ürkmüş... Kendinin fil oluşundan korkmuyormuş ama karşısında başka bir fil görünce içememiş suyunu...

Çok garip değil mi? İnsanın hayata baktığı gözler de kendi yansımasından korkan filinki gibi değil mi?

Nefret, kin, zulüm, hırs, inat, vefasızlık, yalan, riya, adaletsizlik, ihanet, çıkarcılık, kibir... Hepsi kendinde vardır ama başkasında görünce ürker. Ödü kopar bu insanlara maruz kalmaktan. Halbuki kendi yansıması değil midir başkalarında gördüğü? Kendinden korktuğunun farkında bile olmadan, yalancı bir iyiliğe sığınır, yazık...

İnsan kendi yemeğini eliyle yer, parmağını yalar da hiç kötü hissetmez. Ama başkası yemeğine parmağını dokundursa tiksinir.

Başkasının kirinden şikâyet edip, çamur içinde dolaşmak gibi değil midir bu?

Hem komik, hem acıklı... Ne yapmak lazım o halde?

Suya bakmak lazım tabii... Aynaya bakmak lazım ya da... Herkes yansımasıyla yüzleşmeli bu âlemde. Kimsenin başkasını yermeye hakkı yok, o başkasının aslında kendi yansıman olduğuna uyan yeter ki.

Son zamanlarda kimseye eleştirel gözle bakmamayı öğrenmiştim babamla fil örneği üzerinden bu meseleyi masaya yatırıp tartıştığımızdan beri. Kimseyi yermez, eleştirmez, aşağılamaz, küçümsemezdim elbette. Kimse karşısında kibirli, çokbilmiş, havalı bir tutum takınmadım. Ama hep dışarıdan bakan bir göz oldum. Oysa şimdi içeriden bakmayı öğreniyordum. Başkalarında eleştirdiğim şeylerden tamamen muaf mıydım sanki? Gördüğüm şey benim bir parçamın yansıması değil miydi?

Elbette öyleydi, aksi halde göremezdim zaten. Kendinde olmayanı başkasında bulamazdı insan...

Sanırım aşk da böyle bir şeydi işte. Sende yoksa, başkasında göremezdin onu. Sevdiğinde hayranı olduğun ne varsa, kendindeki parçandan dolayıdır. Sevmediğin ne varsa o da kendindeki parçadan dolayıdır. Belki de bu yüzden gerçekten sevenler arasındaki sınır kalkıyor ortadan. İşte bir olmak dedikleri şey bu aslında... Tam olarak şimdi idrakine varabiliyordum aylardır konuştuğumuz konuların. Ondaki güzellikler de sendeki bir parçanın yansıması, kusurlar da sendeki bir parçanın ondaki yansıması...

Bu yüzden sen ve o yoktur. Bir vardır sadece...

***

Gece kimse anlamadan üzerini örtmüş dünyanın. Bazı acılar var, öldürmüyor da yaşatmıyor da. Peki önce ölen şey insan mıdır? Yoksa hayalleri mi? Yoksa her seferinde ikisi aynı anda mı ölür? Bir insanın dünyanın bir ucunda bestelenmiş bir müziği dinleyerek diğer ucundaki insan için ağlaması nasıl mümkün olabiliyor?

Bazı anılar ağlamayı güzel kılıyor adeta.

Sözsüz bir müzik dinliyorum. Belki de herkes görmesin, görüp de hâlsiz hayatlarıyla kelimeleri incitmesin diye sözleri bir yerlere saklanmış bir müzik dinliyorum.

Bir müzik. Nasıl oluyor da hiç sözü olmadan bu kadar incitebiliyor? Eskiden de dinlerdim bu şarkıyı ama şimdi sözlerini kendim yazıyorum. Her dinlediğimde, her tınıda başka kafiyeler dökülüyor dilimden. Daha önce kullanmadığım kelimeler kullanıyorum kendimi anlatabilmek için. Sığ kalmış bir su birikintisinin üzerinde fırtınalar kopuyor. Su kendinden geçiyor, fırtına suya karışıyor, bir avuç su insanların üzerine huzur gibi yağıyor. Küçük çocukların topraklara gömdükleri çağla çekirdekleri büyüyünce, yaprakları tebessüm etmek üzere filizleniyor.

Sözsüz bir müzik dinliyorum. İnce ince işleyip sözlerini kendim yazıyorum. Müzik, mutlu olup avuçlarımdan öpüyor, sözler mutlu oluyor sanki, ben düşündükçe sevenler birbirine kavuşuyor. Küçükken evin bahçesinden çıkmaya korkan kız, sevdiğini düşününce uzayın içinde gezebiliyor.

Bir hal serilmiş gibi üzerime. Özlüyorum desem hafif kalacak, hüzünlüyüm desem tam anlaşılmayacak. İnsanlığın en büyük eksikliği olan anlaşılamamayı üzerimden atıyorum. Beni ancak o anlayabilir diyorum. Bu sözsüz müziğe yazdığım sözleri bir tek O'na gösteriyorum.

***

Akşam Esra'yla biraz vakit geçirmiş, babamların sohbetinin bitmesine yakın eve dönüyordum. Sokak lambalarının eşliğinde eski kaldırımlarımızın kıyısından yürüyerek kırmızı kapılı Birlik Dükkânı'mıza geldim. Havada biraz her an yağmur yağabilir soğukluğu ve rüzgârı olduğundan adımlarımı hızlandırmış, başım her zamanki gibi biraz öne eğik eve doğru ilerledim. Uzaktan, bahçenin demir kapısının aralık olduğunu ve bahçenin içindeki avlu ışığının da açık olduğunu gördüm. Bu, sohbetin yeni bittiği anlamına geliyordu.

Bahçeden içeri adımımı attım, kimseler yoktu, insanların dağılmış olduğunu anladım. Ihlamur ağacının kokusu her zamanki gibi bahçemizde nöbetteydi. Babamın ağaca tembihiydi: "Yalnızca güzel insanları içeri alasın sadece."

Yıllardır da hep denileni yaptı, muhafaza etti evimizi. Ya güzel insanlar geldi ya da kötüler çıktıklarında güzeldi.

Bahçeden ıhlamur dallarının yansımalarını dans ettirmesini izleyerek evin kapısına doğru yöneldim. Elinde şemsiyeyle bir kişi belirdi kapıda, herhalde en son kalan kişiydi. Babam en son çıkanları çok severdi. "Muhabbet demlenir, demlenir, bütün hikmeti en son damlada birikir" derdi.

Gölgeyi görür görmez başımı eğdim, yolumu biraz uzağa meylettirerek kapıya geçtim. Kolunun altında bir defter olan gençlerden biri olduğunu anladım, ayakkabılarını bağlıyordu. Sanırım o da hiç başını kaldırmadı.

Ihlamur kokusu, hava soğuk olsa da gölgemde kimseyi üşütmem güveni veriyordu insana. Babamın en sevdiği çaylardandı. Geçen kış hastalandığında annemden istediğim ıhlamurlar işte bu ağacın ıhlamurlarıydı.

Ihlamur kokusundan biraz da yanıma alarak hızlıca gencin yanından geçtim ve nazikçe evimizin kapısını kapadım.

Hep düşünürdüm, insan kaderiyle ne kadar haşır neşir olabilir diye. Ne kadar yakın ya da uzak olabilir diye. İnsan kaderinin yanından geçer de gider mi diye. Geçermiş...

Nasip değilse, insan kaderiyle on sekiz yıllık evinin bahçesinde karşılaşır da fark etmeden geçer gidermiş...

***

Birkaç gündür hava sıcak gibi. Böyle olunca da bahçede yazdan kalabilmiş çiçekleri ve bitkilerimizi sulayayım dedim. Bir bahçe ile ilgilendiniz mi bilmiyorum ama dünyanın en keyifli şeylerinden biri de ellerinizle yetiştirdiğiniz domatesi kopartıp yemektir. Sabah kalkıp elinizi yüzünüzü yıkarsınız, gece düşen çiyden buz gibi olmuş terliklerinizi giyer, bahçeden gözünüze kestirdiğiniz domatesi koparırsınız. Koparır, hemen keser misiniz? Hayır, tabii ki önce güzelce koklayıp yaşadığınızın farkına varmalısınız. Sonra afiyet olsun, şifanız olsun.

Bahçeyle ilgilenirken annemin geldiğini fark etmemişim. "İşin bitince gelirsin kızım" dedi. Yemeğe çağırıyor sanmıştım. Benim güzellerimi suladıktan sonra içeri gittim. Annem mutfakta oturmuş beni bekliyordu. Yüzünde bir tedirginlik hissettim.

"Ne oldu anne?"

"Babanla konuştuk kızım da..."

"Hayırdır?"

"Bu sahafta çalışan çocuk var ya."

"Evet?"

"Cennet amcan babana hep bahseder efendiliğinden, eminliğinden hani..."

"E ne olmuş?"

"Amcan babana demiş ki, bizim kız da uygun görürse, hayırlısı olur inşallah..."

"Nasıl hayırlısı, ne demek yani anlamadım?"

"Yani uygun görürsen görüştüreceklermiş sizi."

Bir an için kalbim durdu. Refleks olarak sordum: "Nerden çıktı ki anne şimdi bu? Yeri mi sırası mı?"

"Bilmem ki kızım, amcan babana demiş, baban da bana dedi. Amcanı biliyorsun, çok seviyor çocuğu, onu dükkâna ilk getiren de amcan zaten. Galiba İstanbul'a dönmek istediğinden de söz etmiş amcana... O da geciktirmek istememiş tanışmanızı... Senin okulun da seneye son. Öyle düşünüvermiş işte amcan. Tabii sen ne dersen o, yanlış anlamayasın."

"Şaka mı yapıyorsun ya anne? Babam hayatta böyle bir şey demez."

"Ben de şaşırdım kızım da ne diyeyim?"

"Babam istiyor mu yani görüşmemi?"

"Amcan gelip söyleyince, kızım bilir demiş. Çocuğu da sevdiği için, sen istemesen de en azından haberi sana gitsin dedi. Ben de beklemiyordum böyle bir şey ama nasip kısmet kızım. Sen karar vereceksin tabii, babanı biliyorsun, seni nasıl sever ve kararlarına müsaade eder."

"Ama neden ki yani durup dururken, hem babam ne kadar tanıyor ki?"

"Eylülden beri sahaf ona emanet biliyorsun. Kimsesi yokmuş galiba. Babanı bilirsin, kime kimseye mala bakmaz. Çocuğun içini güzel görmüş olacak ki iyi bahsetti hep."

"Anne üniversitem bitmedi daha, yaşım kaç? Ne evlenmesi?"

"Kızım ne bileyim ben. Baban bir sor dedi. Ben de söyledim işte. Olmaz dersen olmaz. Ya da amcanları kırmayıp görüşürsün, yine olmaz dersin."

Akşam babam eve geldi. Kapıda karşıladım. Kızgın değildim ona sadece şaşkındım. Her zamanki gibi başımı okşadı. Eli saçlarıma her değdiğinde rahatlıyor, bir an için çocukluğuma, omuzlarından inmediğim o vakitlere gidiyordum.

Kabanını üzerinden alıp astım, "Çorba sıcak babacığım, hemen kurayım sofranı" dedim. Her zamanki gibi "Canım kızım benim" dedi.

Babam salonda soluklanırken, annem de ev işlerini toparladı ve sofrayı hazırladığımda hep birlikte başına oturduk. Herkesin üzerinde konuyu ilk kim açacak sessizliği vardı sanki. Bekledik... "Havalar soğuyor, limonu bol sık kızım çorbana" dedi. Babam bir an olsun beni düşünmeden edemezdi.

Annem konuyu açtı. Babam da kendi gençliğinden bahsetti bana. Sonra da o genci kendisine ne kadar benzettiğinden.

"Cennet amcan açtı konuyu kızım..." dedi. "Çocuk seni görmemiştir bile, ondan sanma sakın. Onun bile haberi yok daha. Görmüş olsa bile, bilirim ki yanlışa bakmayacak kadar kör, dünyaya dalmayacak kadar topal, yalan söylemeyecek kadar dilsiz bir delikanlıdır. Sen nasıl istersen güzel kızım. Amcan tanımış çocuğu, olur verdi bana, onlar öyle deyince de sana sorayım dedim. Sen nasıl istersen."

"Çok şaşırdım babacığım, ne diyebilirim ki?"

"Sen nasıl istersen canım kızım."

"Ama şimdi durduk yere nerden çıktı ki babacığım bu?"

"Kul kulluğunu, Allah Allahlığını yapar kızım. Âlemde öyle planlar döner durur ki, anlatılmasa çözemeyiz, anlatılırsa aklımız almaz. Masanın üzerindeki karınca insanın planlarını bilemezken biz Allah'ın planlarını bilemeyiz. Çiçeğin nerede biteceğini, hangi damla suyun mermeri deleceğini, hangi meyvede kime şifa olduğunu bilemeyiz...

Bu işler nasip kısmet işi, çok da fikirlerle değişebilecek şeyler değil. Nasipte yoksa kimse var edemez, varsa da kimse yok edemez. Yani diyeceğim o ki, nasıl istersen canım kızım" dedi babam.

Bazen başınızdan hayatınızın en kötü anları geçer. O kadar kötü hissedersiniz ki olayın sarhoşluğundan, tam olarak algılayamazsınız ne olup bittiğini. Bir arkadaşım annesini kaybetmişti. "İlk günler değil de sonraları daha çok koyuyor..." demişti. "Çünkü ilk günlerde gerçek değilmiş gibi geliyor, tam anlamıyorsun meseleyi ama sonraları zor anında telefona sarılıp anneciğini çevirmek üzereyken aklına geliyor, işte o an yıkılıyorsun!" demişti.

Ben de içinde bulunduğum durumu fark edemiyordum.

Eninde sonunda belki yüzleşecektim bu gerçekle ama böylesi hayli sert olmuştu. Böyle işte, hayat her zaman istediğinizi vermez size. Her şeyde bir hayır vardır demesi kolay olsa da, iş başa gelince ancak dilden çıkıyor. Yüreğe gidene kadar bir dünya engel var. Duygular, hayaller, umutlar...

"Sizi uygun şekilde görüştürelim gönülleri olsun. Olmaz dersin, ertelersin yine, sen tamam demeden bir şey olmaz zaten" dedi annem.

Sonrasında bir şey diyememiştim. Dilim tutulmuştu. Bulaşıklardan sonra odama gelip kapımı çaldı annem. Uyumadığımı görünce izin isteyip girdi içeri. Dizlerimin dibine oturup sıkıca tuttu ellerimden.

"Yarın çocuğu alıp bize gelecekmiş amcan yemeğe..." dedi. Titremeye başladığımı fark edince, "Korkma kızım..." dedi. "Amcanın gönlü olsun yeter, sen bir görürsün gerisi kolay. Misafir ederiz çorbamızdan içer, olmaz dersin, konu kapanır gider. Amcan seni kırar mı? Baban senin üzülmene müsaade eder mi? Büyüklerini ezmemiş olursun. Kimse sana baskı yapamaz. İçin rahat olsun..."

"Peki..." dedim.

Annem odasına gittikten sonra kalkıp pembe defterimi aldım salondan. Konuşacak kimsem yoktu. Yıllarım vardı bu defterin sayfalarında. Hem günlüğüm, hem dostum, hem sırdaşımdı. Sevdiğimden kalan notlarla doluydu içi... İlk ve son sevdamın anıları duruyordu yaprakların üzerinde. Sevdiğimin parmak izleri vardı hâlâ her köşesinde.

Seni içimden söküp almalarını istemiyorum Seyyah. Ben burada, sen oralarda bir yerlerde soluk almaya devam ederken bizi birbirimizden daha da ayırıp uzaklaştırmalarına razı olamam. Kalbimdeki varlığın taptaze dururken başkasını sevmeyi ihtimal bile göremem kendimde. Seninle dopdoluyken, içinde senin olmadığın düşler bile kuramam ben.

Sensizken daha ne kadar sürükleyebilirim içimde sevdanı? Daha ne kadar hayatta tutabilirim bizi, bilmiyorum.

Tüm varlığımla bizi korumaya çalışıyorum aylardır. Ne sesin var kulağımda, ne yüzün var gözlerimin önünde. Seni unutmaktan korkuyorum Seyyah. Bizi koruyamamaktan korkuyorum. Bir mucize olsa, çıkıp gelsen. Yokluğunda seni var etmeye çalışmak çok zor.

Dertsizler uyudu, bize kaldı ne varsa. Kâğıt kaleme sarıldı, biz yalnızlığımıza...

Güzel pembe defterim, yıllarımı yazdım sana ve bana öğrettiğin en büyük şey yılların nasıl da hızlı akıp gittiği. Seven belki unuturdu ama ben yazmıştım. Kapı dışarı etmemiştim yani, evin içine hapsetmiştim tüm duygularımı. Ne olacaktı şimdi bu deftere? Yarın sensiz geçecek bir ömrün ilk günü mü olacaktı yoksa? Ayları sayar dururken nasıl dinginleşecekti bu yürek?

Bugün de seni yazıyorum. Belki son yazışım. Hayır. Son değil. Yarın sadece alelade bir gün işte. Burada yoksun diye seni yazmayacak değilim. Yanımda değilsin diye sevmekten vazgeçecek değilim.

Bari kuru kalsa satırlar. Seninle öğrendim ki, yağmurun altında ıslanmazmış sadece satırlar.

Dışarılar, kalabalıklar, insanlar bu kadar sahteyken iyi geliyor insana yalnızlık ve tabii bir de ıslak satırlar.

Bu gece ne mi oldu? Hayallerin içinde gezerken son yudumumu aldım bardağımdan. Dudaklarımda ve gözlerimde bir nem kalmıştı. Odamdan çıkıp yavaşça babamın yanına gittim. Her zamanki gibi oturmuş kitap okuyordu salonda.

"Sen nasıl istersen babacığım" dedim.

O gece toprak yağmuruna, Fesleğen de Seyyah'ına kavuşur mu bilmiyordum ama ettiğim dua yine aynıydı: "Sizi tamamlayacak olana kavuşmanız duasıyla."

5. Bölüm

Vuslat, Pembe, Seyyah, Hazan, Yaş

Bazı hüzünlü hikâyelerin sonuna
efsunkâr bir huzur yazar Allah...

Bugün, tam şu an.

Bazen öyle olur, ne olduğunu anlamadan kendinizi sürecin içinde bulursunuz. Ne siz girmişsinizdir içeri ne de çıkış kapısının yeri bellidir. Sevdiklerimizi kaybettiğimizde öyle olur genelde. Vakit geçtikçe, ilk anların şok etkisi azaldıkça, olan bitenin, kaybettiklerimizin farkına vardıkça daha da çok ağlamaya başlarız.

Dün geceden beri de ne olup bittiğini anlamadan kendimi salonda buldum. Amcam hemen geliyorum diyerek yanımdan kalktı. Annemler mutfakta oturuyor sanırım, o genç adam da karşıda sedirde oturuyor. Hiç bakmadım, bakıp bakmayacağımı planlamadan yarı hayal yarı gerçek gözüme ilişen siluetinden fark etmiştim orada biri olduğunu.

Cennet amcam razıydı, babam razıydı ama söz bendeydi. "Sen istemezsen hiçbir şey olmayacak sakin ol Fesleğen..." telkinleriyle geceden beri kendimi rahatlatmaya çalışıyorum.

Hayat, babasının kuzusu küçük kızların kelimelerini bile kifayetsiz bırakan sahnelere zorlayabiliyor insanı. Cevaplarını silikleştirip zor sorular çıkarıyor karşımıza. Ve seç diyor. "Ama ben daha o kadar büyük değilim ki?" diyemiyorsun. Seçivermeni bekliyorlar sanki büyümüş yaşamış, bu sorulara alışmışsın gibi.

Kitaplıktaki pembe defterime ilişti gözüm. Orada kalmış. Seyyah'ın kalemi değmişti o deftere. Telin üzerindeki bir umut kuşunun yanına bir umut kuşu daha konmuştu. Hayaller kurarak birlikte çizmişlerdi ufuk çizgisindeki renkleri.

Birlikte konuştuklarımız, hayaller, onun notlarını ilk okuyuşum, geçip durdu gözümün önünden.

Benim güzel pembe defterim, senin dışında Seyyah'a hissettiklerimi kimse bilmiyor. Oradan bakınca yanan yüreğimi görebiliyor musun? Yoksa gördüğün şey başka hayallerin denizlerine açılacak bir yürek mi?

Hangi yazarın böyle bir son yazmaya yüreği yetebilir ki? Bu hikâyenin sonunu güzel bitirmek için neler vermezdim. Yine de biliyorum ki her şey güzel olacak. Çünkü güzel insanları hep güzel şeyler bekler. Öyle demişti babam.

Sessizlik ikimizi de karşısına almış konuşmamızı bekliyor gibiydi. Sessiz sessiz oturuyoruz odanın içerisinde.

Sanki bir yerlerden tanıdık bir müzik geliyor kulağıma. Zihnim mevcut hüzünlerimi seriyor önüme. Teşekkür ederim almayayım diyorum, zorla tıkıyor boğazıma. Anıların hatıra düşmesinin ardından boğazdan geçsin diye özel bir su yaratıverseydin ne olurdu Allahım? Kalıyor boğazımda tanıdık bir ses ve önüme serdiği anılar.

Başımı kaldırıp da bakma hissi gelmedi hiç içimden. Benim gönlümün kökleri başka yere ekili, nasıl olur da başka bir güneşe uzatayım dallarımı? Bu başım kalkmaya müsait değil.

İşte yine daldın Fesleğen derken birden konuştu odadaki adam. Tek bir kelime söylemişti.

"Vuslat."

Bu ses ve bu kelime.

Hiç kimse bir kelimeyi onun kadar derin ve uzun uzun yaşanmışlığını anlatır gibi, sanki elini kalbine götürüp de söylermiş gibi söyleyemezdi. Ve hiç kimse bir sebep yokken durduk yere böyle bir kelimeyi ortaya dökemezdi.

Bir kişi hariç. Seyyah!

Yoksa? Babamların aylardır övdüğü o delikanlı?

Babamın sevdiği o genç adam o muydu?

Babamın onca zamandır yetiştirdiği çocuk o muydu? Kitapların emanetçisi o meftun yürek o muydu?

Güneşin ufuk çizgisinden sevdiğini aydınlatması gibi, gözlerim acele etmeden usul usul yerden yukarıya doğru çıkmaya başladı. Lacivert kadife bir pantolon üzerinde koyu yeşil iplikle sıkıca örülmüş bir kazak.

Kâinatın en mühim meselesini çözmek üzere ağır ağır yükseliyor başım küçücük evimizde. Güneşin dünyayı ilk gördüğü anı tahayyül ettim birden. Heyecanlanmış mıdır? Neler olacağının farkında mıdır? Dünya güneşin ellerinde büyüyen minik bir bebek midir?

Sadece bir saniye, her şey durdu. Dünya bir ara verdi üzerinde olan bitene, zalimler ara verdi savaşa, çiçekler başlarını uzattı bize, güneş ısısını azaltıp bize yaklaştı, gözlerim doldu, ağlamak basit olacak diye boşalamadı.

Hücrelerim tabiatlarını terk edip olan biteni izlemeye başladı. Ondan gittiğimden beri pek hevessiz atan bu kalp yeniden kan pompalamaya başladı damarlarıma. Parmaklarımda uyuşukluk, burnumda bir sızı ve boğazımda kocaman bir düğüm hissettim.

Bu gerçek olamazdı. Birazdan babam alnımdan beni öpüp uyandıracaktı. Bu bir rüya için bile mucize gibi bir şeydi. Ne kadar güzel şeyler yaratılmıştır bu evrende bilmiyorum ama tam şu an yaratılmışlar arasında en güzellerden olmalıydı.

Evet Seyyah'tı. Hayatıma umduğum adam belki de en ummadığım zamanda doğduğum evde karşımda oturuyordu.

Toprak olsanız üzerinize düşen tohuma olan sevdanızı nasıl anlatırsınız?

Anne olsanız bebeğinize ilk dokunmanızı nasıl anlatırsınız? Bir bebek annesinden ilk süt emişini nasıl anlatabilir?

Fesleğen olsanız mucizevi bir tevafukla karşınıza çıkan Seyyah'ınızı nasıl anlatırdınız?

Keşke dünyanın tüm dillerini bilseydim de beni anlatabilecek en iyi cümleleri kursaydım size.

Tek bir kelime çıkmıştı ağzından: "Vuslat."

Çok ince düşündü yine, odanın içine yağmaya başladı yağmur. Kime ne zararı olabilir ki biraz yağmurun? Gök gürültüsü yok, ses yok, ayrılıklar yok. Sırılsıklam olmuştu yüzüm. Ellerimi kazağımın içinde yummuştum. O an babamın bu rüya değil kızım demesine o kadar ihtiyacım vardı ki.

Nazende kızın rüyada mı babacığım? Okuldan dönerken belki karıncaların çocuklarını ezmişimdir diye gelip kucağında ağlayan kızın rüyada mı babacığım? Küçükken tırtılların kelebek olduğuna inanmayan kızına bunun bir rüya olmadığını söyle babacığım. Bakma ağladığıma, yüzüm belki de ilk kez gülmeye bu kadar hazır babacığım.

***

O kelimeyi duydum ya. Seyyah'ı gördüm ya.

Sadece dilim değil bütün hücrelerim ayrı ayrı "Şükür..." dedi. İşte şimdi gök mavi.

İşte şimdi ölsem de, her şey tam gibi.

İşte şimdi o gün durdurduğum yaşım saymaya başlayabilirdi.

Allah onun için yanlışlardan dönenleri sahipsiz bırakır mıydı? Onun adına kurulan cümleler kâğıtlarda öksüz kalır mıydı? Bir mucize, Allah için yaşayanlar dışında birine ikram edilir miydi?

Kaç hüzün önceydi bilmiyorum ama aylardır yokluğuyla kavrulduğum adam karşımdaydı işte. Yapraklar dallarını terk etmişken sokaklarda, ben sevdiğime mi kavuşacaktım yani? Bu hüzünlü hikâyenin sonuna böyle efsunkâr bir huzur mu yazmıştı Allah?

Ruhlar benzerlerini bulduklarında güzel hissedermiş. Bugüne kadar her attığı adımda bir hüzün eseri olan yüreğim tam şu an güzel hissediyor. Ruhum karşıya baktığında başkasını değil kendisini görüyor. Kendine baktığında da onu. Birbirleri için ağlayan iki ruh işte şimdi gözyaşlarıyla birleşiyor.

Güneş odaya sığmasa da rengini bir tık güzelleştirip içeride dans ediyordu sanki. Seyyah olmasını istediğim yerde, zaman tam da durdurmak istediğim yerdeydi.

***

Aylardır mahzun kalbim sanki suyun altında uzun süre kalıp dışarıya çıkınca nefes nefese kalmış biri gibi atışlarını hızlandırdı. Evet Seyyah'tı. Karşımdaki oydu.

Hiçbir dünyalı katkı maddesi içermeyen o safderun yüreği ile Seyyah oracıktaydı. Karşımda. Güzel kahve gözlerinin içindeki nemlilik öyle huzur veriyordu ki insana, böyle bir dünyaya bu saf bakışların fazla olduğunu hissediyordum. Adil değildi onun bu dünyada olması.

Gözyaşlarımı tutmaya çalıştım ama bir iki tanesi sıyrılıverdiler gözkapaklarımın arasından. Bir tanesi kirpiklerimin ucuna takıldı. Düşürmek istemedim, belki sevmişti orada olmayı, sebep olup ayırmak istemedim. Yanağımdan yuvarlandı iki damla daha... Yaşadığım hasret sol yanıma daha ağır gelmiş olacak ki sol gözümden düştüler...

Romantik bir sevda hikâyesi değildi bu. Yoldaşını bulmak uğruna kadere teslim olmayı öğrenmekti. Bir mucizeye inanmaktı. Bir mucizeyi anbean yanarak beklemekti.

"Mucizeler sadece efsanelerde olur" diyenlerin yüzüne haykırmak geliyordu içimden "Allah için sabreden herkesin alnına yazılmış bir mucize vardır!" diye...

Bakın, Seyyah gelmişti işte Fesleğen'ine sonunda. Nasıl, ne zaman bilmiyorum ama gelmişti işte. Kader bana eşi benzeri görülmemiş bir lütufta bulunmuştu. Fesleğen'i ateşten bir kuyunun içinde sayıklarken çıkıp gelmişti işte. O gün çıkıp "Sensin papatya!" demesi gibi şimdi de çıkıp "Vuslat!" demişti.

Bir kez daha baktım Seyyah'a. Koca yürekli adama. Aylardır yüreğimde yaşadığım yangından daha azına katlanmış gibi değildi. Buğuluydu gözlerim. Daha fazla tutamadım salıverdim gözlerimin içinde biriktirdiklerimi. Dudaklarım büzüştü, burnumun ucu yandı. Yüreğim yetip de bir kelime bulsaydım söyleyebilecek sesim çıkmazdı. İçim titriyordu. Yoksa "Hadi kalk bir ağaç altında çay içelim" demek isterdim.

Allah bizi görüyor ve güzel kalmaya çalışan insanlara güzel tevafuklar hazırlıyor dedim kendi kendime. İçimden mutluluğumu hıçkırıyordum. Odada bana bakmayan biri ağladığımı anlardı. Sel oldu gözlerim. Rengi yeşilden maviye çalan kapüşonlu hırkamın koyuyla yüzümü kapatmaya çalıştım.

Hoş geldin Seyyah. Tertemiz apak o gönlünle ilk kez açtığım bu gönlüme hoş geldin. Seyyah diye diye, Seyyah oldun yüreğime. Mesafelerin ancak bahane olduğunu göstermeye mi geldin buralara? Allahım gerçek mi şu an? Onu çok özlediğimde bana gösterdiğin rüyalardan biri mi yoksa?

Usulca başımı kaldırarak tekrar görmek istedim o güzel kahverengi gözlerini. Sanki denizin içerisinden dünyaya bakıyormuşum gibi buğuluydu her şey. Gözlerimi silmeye çalıştım kazağımın ucuyla ve bir kez daha baktım Seyyah'a.

İstanbul'dan da büyük o koca yürekli adama. Camdan kırıklarla doluydu gözleri. Dudakları titriyordu. Dudaklarını sıkıyordu. Hali sanki bana "Çok bekletmedim ya?" diyordu.

Yanağında kocaman tek bir damla vardı. Bir kadının ağlaması yeterince duygusalken karşımda koca yürekli o adam ağlıyordu. "Aşk, aşk" diye yalanların içinde yüzen milyonların gözyaşlarını toplasanız "Sabır, sabır" diyen o koca yürekli adamın yanağındaki tek bir damla etmezdi.